KEITAI
SHOUSETSU
BUNKO SINCE 2009

野いちご

幼なじみは最強総長

〜同居したら超溺愛されました〜

鈴乃ほるん

JN020281

STARTS
スターツ出版株式会社

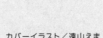

カバーイラスト／遠山えま

小学３年生のとき、私は事故で両親を亡くした。
あの日から私の人生は狂い始めて、
幸せだった日々はもう戻ってこない。

絶望の日々を送る中、不良に絡まれ、
もうダメだと思った瞬間、
「俺のもんに手ぇ出すな」
暴走族の総長で、強くて優しいキミとの出会いが、
私を絶望から救ってくれ、
毎日甘く、幸せな日々を送れるように……。
そして、私はキミに……いつの間にか恋していた。

誰もが認める絶世の美少女だけど、
自分は、この世にいらない存在と絶望していた藤原心美。
×
ピンク頭で全国ナンバーワンの暴走族の総長だけど、
有名な財閥グループの御曹司で、
実家への反抗心からケンカに明け暮れていた工藤朝陽。

「今夜は心美を離さないからな」
「言われなくても朝陽のそばから離れないから」
そんな幼なじみふたりの――甘すぎる同居ラブ♡

幼なじみは最強総長

登場人物

工藤　朝陽
（くどう　あさひ）

全国No.1暴走族Skyblueの総長であ
りながら、工藤財閥の御曹司。高校
一年生。髪色はピンク色で、容姿端
麗。どこか気品のあふれる雰囲気を
持ったクール男子。

藤原　心美
（ふじわら　ここみ）

朝陽の幼なじみ。誰もが認める絶世
の美女。両親を幼いころに亡くして
おり、中学卒業とともに一人暮らし
を始める。優しくてしっかりとした
性格。

木下　桃菜
（きのした　ももな）

心美のクラスメイトで友達。何事にも
一直線で、元気で素直な性格。冬馬の
彼女。

小川　冬馬
（おがわ　とうま）

朝陽の中学のころからの親友でSkyblue
の副総長。警戒心が強く頼れる存在。強
引だけど、彼女には優しい。

伏見 恭平
ふしみ きょうへい

Skyblueの幹部のひとり。一匹狼でクールな性格だが、仲間思いの一面をもつ。

遠藤 琉貴
えんどう るき

幹部の中でも参謀的存在。頭がよく敵の情報収集を得意としている。面倒見がよく頼れる。

長谷部 雷
はせべ らい

何事にも無関心でクールな性格。幹部の中でも人一倍責任感が強く、下の仲間に慕われる兄的存在。

吉野 渉
よしの わたる

女の子が大好きでチャラいけど、イケメンでモテモテ。女の子には優しい。Skyblueの幹部。

☆ contents

Heart 4

After story

本書限定　番外編

Heart 1

幼なじみと同居始めます

「はぁ……また断られちゃった……」

　夜の繁華街。

　私は、ネオン街の明かりを眺めながらため息をつく。

　3月下旬だけど、まだ夜は少し肌寒い。マフラーを巻き直し、アパートへ向かって歩き出す。

　私、藤原心美。つい先日、中学を卒業したばかりで、来月から高校生になる。

「このままじゃ、ほんとに家賃と光熱費だけでギリギリだよー。ご飯、どうしよう」

　夜の繁華街は、街中がキラキラとしていてザワザワと騒がしい。

　はぁ……最悪。やっぱり、この歳じゃ夜のバイトは無理だよね……。

「おー、かわいい姉ちゃんじゃねぇか」

「……え？」

　それは、本当に突然の出来事だった。

　もう少しで繁華街を出る、というところで声をかけられた。

　ここは、いわゆる"夜の店"が多い場所なので声をかけられてもおかしくはないけれど、声をかけられても立ち止まることなく知らん顔をするつもりだった。

　不良は嫌いだし。

　だけど今日はタイミングが悪かったのか、複数人の不良に絡まれてしまった。

　……ど、どうしよう。

　この人たち、明らかに不良だよね。

　ピアスをジャラジャラとつけてるし、服装もなんだか派手だし。

　年齢は、20歳前後くらいに見える。

　彼らはニヤニヤと私を見て笑っていて、オーラもなんだかすごい。身長が高い人たち2〜3人に囲まれると、怖くて体が動かない。

　それに……ここは昔から不良の溜まり場になっていると、バイトの面接をしてくれた店の店長が言っていたっけ。

「……」

「おーい、聞いてますかー？　キミ、きれいな顔してるね。俺たちと遊ばない？　ちょうど暇しててさー」

　どう返したらいいかわからず黙っていると、急に腕を掴まれ細道に引っ張り込まれる。

　その瞬間、ゾッと背中に寒気が走った。

　……いや、怖いっ！

「離して！　だ、誰かっ！　……んっ」

　腕を振りほどこうと力を込めるも、ビクともしない。それならと思って声を出すけれど、口も塞がれてしまった。

「ちょっと、静かにしてもらえるかな？」

　私に顔を近づけ、ニヤッと笑う。

「そうそう。大人しくついてきたら何もしねーから……痛っ

てぇ！」

　不良に怯えているとドカッという音があたりに響き、男の低い声が聞こえた。

　それと同時に腕が解放され、誰かに抱きしめられる。

　——ドキッ。

「俺のもんに手ぇ出すな」

「え!?」

　だ、誰？

　驚いて顔を上げると、ピンク頭をした男が私を抱きしめていた。

　派手な髪色に目を見開くけど、それを以上にすごくイケメンで……。

　しかもこの人、今『俺のもん』って言ったよね!?

　私は、びっくりして声を出すこともできない。

「ああ？　なんだ、テメー……」

「ちょ、コイツSkyblueの総長じゃ……」

「マジで？　し、失礼しました！」

　私がびっくりしている間に、不良たちは腰を抜かしたように逃げていく。

　え、え……どうしたんだろう。

「……ったく、ケンカできねぇくせに、ここらへんウロウロするなんて。舐められたもんだな。心美、久しぶり」

　毒づくように言葉を吐いたあと、私を見てにっこり笑うイケメンさん。

　だけど、私は目の前にいる人が誰だかわからなくて、腕

が緩んだ瞬間に1歩あとずさる。

　どうして私の名前を知ってるの？

　今、初めて会ったよね。

「助けていただいて、ありがとうございます。あの……あなたとは今、初めてお会いしましたよね？　それなのにどうして……私の名前を知っているんですか？」

　私には不良の友人はいないし、ここらへんに知り合いがいるとしたら幼なじみくらい。でも、その幼なじみが不良になっているわけもないし……。

　ダメだ、まったくわからない。

「は？　もしかして俺のこと覚えてねーの？　昔、隣の家に住んでた朝陽だよ。……って、こんな見た目じゃわかんねーか」

　……今、なんて？

　私は今の言葉が信じられなくて、バカみたいにポカーンとしてイケメンさんを見る。

「嘘、でしょ？　あ、朝陽じゃないよね？　なんかの冗談？」

　私は信じられなくて、目の前にいる彼の顔をガン見する。

「まったく……。久しぶりに会ったのに、ここまで覚えられてねーとは……」

　私の言葉に、がっくりと肩を落とす彼。

　そ、そんなに落ち込まないでよ。

　なんとなーく子どものころの朝陽とは雰囲気は似ているけど、まだ確信は持てない。

「しょーーがねぇ。奥の手を使うか……」

　彼は「はぁ」とため息をつくと、真っすぐ私の目を見つめる。

「……？」

　その真剣な目に、少しだけ昔朝陽の面影を感じた。

「心美は小３のころ、交通事故で両親を亡くした。それから間もなくして親戚に引き取られた。違うか？」

　ど、どうしてそのことを知ってるの？

　そのことは、朝陽と前の学校のクラスメイトしか知らないはず。

　この人は……本当に朝陽だ。

「あ、さひ？　本当に朝陽なの？」

「おう。だから、さっきからそう言ってんじゃねぇかよ。……おかえり、心美」

「っ朝陽……本物だ!!　本物の朝陽だっ！」

　幼なじみの朝陽だと確信を持った私は、今度は自分から朝陽の腕の中に飛び込んだ。

　いきなりのことだったけど、そんな私を朝陽は受け止めてくれた。

　それに……さっき『俺のもん』って抱きしめられた。

　思い出しただけで、ドキドキする。

　なんで、どうしてここにいるの。

　私なんて、とっくに忘れられていると思った。

　久しぶりに感じる、人のぬくもり。

　私は……そのあと堰を切ったように涙が溢れて、朝陽に

抱きついたまま子どものようにわんわん泣いた。

「お前、なんでここにいるんだよ」

　涙がおさまってきたころ、朝陽は私の顔を見て尋ねる。その質問にギクッと体が強（こわ）ばった。

「そ、それは……」

「心美、親戚の家にいたんじゃねぇのか？　どうしてこの街にいるんだよ。もしかして、と思って声かけたらマジで心美だし」

「うっ……ご、ごめんなさい」

　事情を知っている朝陽は、心配した目で私を見る。

「それにその格好……まさか夜のバイトしてんのか!?」

「……そ、それは……とにかく、話をするから。私のアパートに案内するよ」

　私は朝陽をなだめて、自分の暮らしているアパートに案内した。

　朝陽が住むこの街に戻ってきて、そろそろ半月。

　もしかしたら会えるかな、と思いながら過ごしていた。

　だけどそれは叶（かな）わないまま時間だけがすぎていった。でも、こんな形で再会できるなんて。

　私……この繁華街でバイトを探していてよかった。

　初めてそんなことを思った。

　隣を歩く朝陽をチラリとうかがい見る。

　かっこよくなった……というか、様変（さまが）わりした幼なじみを見て、さっきから心臓がドキドキと脈打っている。

　最初はまったくわからなかったけど、だんだんと私の記（き）

憶の中の朝陽と目の前にいる朝陽が重なってくる。

　やっと……私は朝陽に会うことができたんだ。

　それから、数分歩いたところにある私のアパートに入り、ローテーブルを挟んでふたりで向き合うように座る。

「……で？　これはどういう状況だ？」

「……朝陽も知ってのとおり、私の両親は事故で亡くなったでしょ？　それで親戚に引き取られたんだけど」

　私は朝陽の目を真っすぐ見て、これまでのことを話した。

　幼いころの私は朝陽の家の隣にある一軒家に住んでいて、お父さんとお母さんと３人で暮らしていた。

　一方、朝陽は工藤財閥の息子として生まれ、お城のような豪華な家に住んでいた。

　跡取りとして厳しく育てられていた朝陽と違い、私は、ごく普通の家の子で、幸せな日々を送っていた。

　決してお金持ちではなかったけれど、両親の仲もよく、何不自由ない生活を送っていた。

　朝陽とは小学校が一緒で、クラスも同じだった。

　お互い、家が隣同士だったこともあって、すぐに意気投合して友達になった。

　学校ではよく遊んでいたけど、それ以外ではまったく遊んでいない。

　習い事が多かった朝陽には、友達と遊ぶ自由な時間などなかったのだ。

　朝陽と学校外で遊べないことが寂しくて泣いていた夜が

あったほど、朝陽と遊ぶことが大好きだった。

　彼のいる学校生活は楽しくて、時間があっという間に過ぎていった。

『ねぇ、朝陽くん。習い事って楽しい？』

　ある日の放課後、私は朝陽と離れたくなくて尋ねた。

　あのころの私は、なんで朝陽がそんなに習い事をしているのかわからなくて、考えたことがなかったのだ。

『楽しくはないかな。大変なことばかりだから』

『そうなの？　だったら、習い事なんてやめちゃえばいいのに。そしたら、もっと朝陽くんと遊べるのに』

　話していて、じわり、と涙が出てくる。

『泣かないでよ、心美ちゃん。俺だって心美ちゃんともっと遊びたいよ』

『だったら……もっと遊ぼうよ』

　涙が止まらなくなり、わんわんと泣きじゃくる私。

　その私の涙を、そっと指ですくってくれた朝陽を今でもよく覚えている。

『でも、今の僕（ぼく）じゃ、習い事はやめられない。だからさ、約束しよ？』

『約束？』

『そう。大人になっても、ずっと一緒にいるって約束。そしたら、ずっと遊べるでしょ？』

　幼い朝陽は、恥（は）ずかしそうにほんのりと頬（ほほ）を染める。

　私はびっくりして涙が止まったっけ。

　だって、そんな約束をしてもらえるなんて思ってもな

かったから。

『じゃあ、約束!!　私も朝陽くんとずっと一緒にいる!!』

『うん、約束ね』

　朝陽はにっこり笑うと私に近づいて、ちゅっと軽くほっぺにキスをした。

『じゃあ、また明日！』

　幼かった私は、朝陽のその行動がわからなかった。

　でも、心臓がドキドキと騒がしかったのを覚えている。

　それからは寂しくなっても、この時の約束を思い出しながら日々を過ごした。

『大人になっても、ずっと一緒にいる』

　この約束を先に破るのは私だということを知らずに過ごした日々は……幸せに満ちていた。

　だけど、その幸せな日常は、ある日突然崩れ去った。

　それは小学3年生の出来事。

　ある夏休みの日、その日は両親と遊園地に行っていてその帰りに……交通事故にあった。

　幸い、私は一命を取り留めたけど、両親はほぼ即死状態で病院に運ばれ、帰らぬ人となった。

　それからは親戚の家に引き取られ、私はその家で育った。

　……そこまでは朝陽も知っている。

　両親を亡くしたこともショックだったけど、地獄はそれからが本番だった。

　ここからは朝陽も知らない話。

　私は震える手を押さえながらゆっくりと話す。

　小学3年生の秋。

　親戚の家では私は……いらない存在として扱われた。あとから聞いた話だけど、本当は私のことは引き取りたくなかったらしい。

　だけど、世間体を気にして渋々引き受けたんだとか。

　その話を聞いて納得した。

　私は、どうしていらない存在だったのか。

　学費も出してもらっていたし、食事はかろうじてあったものの、家族の一員として認められていなかった。

　その家の姉妹からは毎日のようにこき使われ、息をつく暇もなかった。

　親戚の家は、私が住んでいたところからかなり離れた街にあったので、朝陽とも離れて……彼との約束も守れなくなってしまった。

　もう、何もかもが嫌になって生きることに絶望していた。

　だけど私には叶えたい願いがあった。それは、朝陽にもう一度会うこと。

　そして、『大人になっても、ずっと一緒にいる』という約束を果たしたかった。

　そのために今まで一生懸命生きてきた。そして、この街に戻ってきた時、朝陽に会えることだけを頼りに生きようと誓った。

　それで今日、朝陽に会えたというわけだ。

　私は中学卒業したあとに親戚の家から追い出され、学費と家賃と最低限の光熱費だけは出すから、とひとり暮らし

することを要求された。

　それからはこのアパートを借りてもらい高校に通うことになったけれど、生活費はないからアルバイトを探していたところだった。

　法律違反（いはん）なのは承知だったけど、昼間は学校だし、てっとり早く稼（かせ）げる夜の接客業がいいと思ったのだ。

　だけど現実は厳しく、行く先々で断られていたところだった。

「……と、まぁ、こんなことがありまして、ひとり暮らしをしているわけです」

　全部を話し終え、朝陽を見る。

　朝陽の圧がすごくて、最後は敬語になってしまった。

　……っていうか朝陽ってこんな怖い人だっけ？

　小学校のころは、もっとかわいかった気がする。

　そりゃ、６年もたてば見た目も変わるだろうけど……イケメンすぎる。

　それに、頭ピンクって！

　いったいどうなってるの！

「……なるほど。事情はわかった。それで、金は足りてるのか？」

「……え？　お、お金？」

　昔の朝陽と今の朝陽の容姿が違いすぎて、今さらながらに驚いていると、急に話を切り出される。

「お金……なんとか足りてるかな」

　ぶっちゃけ、食費は底をつきかけている。

　頼れる人もいないしバイトも見つからず、貯金も引っ越しで、ほぼ使ってしまった。だけど朝陽には心配かけたくなかったから嘘をついた。

　とはいっても、過去の話をしてしまった時点でたぶんアウトだろうな。

　会えたうれしさに舞い上がって、勢いで話してしまった。

　あぁ、なんで幼なじみにこんな重たいこと話すかな。私のバカ！

「あ、あの、私のことは気にしないで……」

「なぁ、俺と一緒に住まないか？」

「……へ？」

　気にしないで、と言いたかったのに朝陽はそれを遮った。

　え、今なんて言った？

　俺と……一緒に住まないか？

　俺と……。

「はぁぁ!? 朝陽、それ本気で言ってるの!? さっき再会したばかりの幼なじみに言う言葉じゃないよ？ それ！」

　驚きのあまり、立ち上がって大声を上げた。

　だってだって。

　普通に考えたらありえない。

　朝陽が私と暮らす!?

　朝陽は、いったい何を言ってるの？

　それに、朝陽は工藤家の息子で御曹司じゃん。なんでこ

んな貧乏くさい女子と一緒に暮らそう、という話になるの。

　もしかして……お金のことを心配してくれているのかな?

「いーい?　朝陽。私は朝陽に迷惑かけるつもりはないの。最低限の支援はしてもらっているし、高校が始まれば22時までバイトはできるし、これからはひとりで生きていく予定だよ。朝陽に会いたいとは思っていたけど……」

「……」

「お願いだから私のことは放っておいて。私と関わんないほうがいいから」

　私には、友達がひとりもいない。

　みんな家の事情を話すと、『かわいそう』と言って離れていってしまうのだ。

　今まで、ひとりでなんとか頑張ってきた。

　そりゃ、朝陽の気づかいはうれしいけど……誰にも頼らずに生きていきたい。

　もう……人を信頼することはできない。

　小学4年生から、ずっと会っていなかった幼なじみもそう。

　小学校のころに交わした朝陽との約束だって、私のほうが先に破ってしまった。

　きっと私に幻滅して自然と離れていく。

　叶うはずもない約束なんか、しなければよかった。

　そう思った時だった——。

「なんでそうなる。勝手に人の気持ち決めつけんな。俺は

心美と一緒にいたい。俺たち……ずっと一緒にいるって約
束したろ？」

「……」

　今度は私が黙る番になった。

　真っ直ぐ見つめる朝陽の目は熱を帯びていて、私のこと
を真剣に考えてくれているのだと伝わってくる。

　……なんで。

　なんで、私のことをそんなに考えてくれるの。

　しかも、覚えててくれたんだ。

　『ずっと一緒にいる』っていう約束をしたこと……。

「俺は俺だ。心美がどう考えているか知らないけど、俺は
心美を守りたいんだよ。……久しぶりに会って確信した」

「……確信……？」

　なんの確信？

　朝陽が意味深な言い方をするので聞き返す。だけどそれ
以上は何も言ってくれなかった。

「とにかく、明日ここに荷物を持ってくる。親には俺から
話しておくから。……あと、バイトを探すのはやめろ。と
くに夜のバイトなんか絶対ダメ」

　急に話がトントン拍子に進み、一緒に暮らす方向に話
がいってしまった。

「え、ちょ、バイトできなかったら、ごはんが食べられな
いよ！　それに、両親には話すって……」

「……何かとうるさくて、最近はあの家には帰っていない
からな。心配するな。大丈夫だ」

　私を見てニカッと笑う朝陽。

　いや、絶対大丈夫じゃないでしょ、それ。

　心の中で思わず突っ込むけど、口には出さないでおいた。

　『あの家には帰っていない』ということは、朝陽にも事情があるのではないかと思ったから。

「朝陽、無理しなくていいよ？　私、ひとりでも……」

「無理じゃない。俺が心美と一緒にいたいだけだ。ただ、心美には多少迷惑がかかるかもしれないけど」

「え？　どういう意味？」

　私は朝陽と暮らせるのは迷惑なんかじゃない。だけど、朝陽から迷惑なんてかけられる覚えはない。

「まぁ、それはおいおい話す。そんなことより、来月から通う高校は決まってんのか？」

　頭の中で必死に情報を整理していると、朝陽がポツリとつぶやいた。

「え？　高校？　天野学園に入学することが決まっているけど……」

「まじか！　俺と一緒じゃねーか。なら、なおさら一緒に暮らさなきゃだな」

「え、ほんとに!?」

　嘘……。朝陽と高校が一緒なの？

　信じられない。

　私が驚きで目を見開いていると……。

　──ぎゅ。

　朝陽が近づいてきたと思ったら、私を……優しく抱きし

めてくれた。

　それは壊れ物を扱うかのように、優しく包み込み、私を安心させてくれる。

　そんな、ハグだった。

　──ドキドキ……。

　抱きしめられた瞬間、一気にドキドキと心臓が暴れ出す。

「朝陽……、久しぶりに会って、かっこよくなったね。最初は誰だかわからなかったよ」

「はは。まさかあんなに気づいてもらえないとは思ってもなかったけどな」

「う……。それは本当にごめん。助けてくれてうれしかったよ。それに……約束を覚えててくれたし」

　あ、やばい。また泣きそう。

　視界がぼやけていく中、必死で涙を流さないようにこらえる。

　なんでだろう。

　朝陽といると……安心して涙が出てくる。

　今までの苦労が報われるような。そんな気がした。

「ありがとう」

「ん。泣きたい時は思いっきり泣け。今までよく頑張ってきたな」

　お礼を言ったあと、朝陽は私の頭をぽんぽんと優しく撫でる。

　そんなこと言われたら、泣きたくなっちゃうじゃん。

「……ひっく、……うわぁぁん…！」

「それでいい。俺には思いっきり甘えろ」

　私は、また朝陽の胸の中で子どもみたいに泣きじゃくった。

　──ピピピ、ピピピ……。

「んー……って、え？　もう朝!?」

　私は目覚ましで起こされ、それを止めた。時計を見て我に返る。

　昨日、すごい夢を見た気がする……。

　部屋の中は寒くて、ベッドから下りられずにモゾモゾと体を小さくする。

　昨日、あれからどうなったんだっけ……。

　ぼーっとする頭で、昨日のことを必死で思い出す。

　バイト探しを終えて……そのまま家に帰ってきたんだっけ？

　あれ、でも……誰かに会ったような……。

　朝陽に会った記憶があるような、ないような。

　彼に会いたいと強く願っていたから、その思いが夢に出てきたのかな。

　うん。きっとそう。

　昨日のことを思い出せなかった私は、曖昧な感じで自己完結した。

　でも……久しぶりに人のぬくもりをリアルに感じた夢だったなー。

　それから私は起きる気になれず、ずっとベッドの中でス

マホをいじる。

　今日もバイトを探しに行かないと。

　そんなことを考えながら――。

　……しばらくすると、

　――ピーンポーン。

　玄関のチャイムが鳴った。

　……誰だろう。こんな朝早くに。

　そこまで考えて、今さら思い返す。

　私には知り合いもいないし、頼れる家族もいない。そんな私の家に訪ねてくる人って……誰？

「あっ!!　忘れてた!!　今日、荷物が届く予定だったんだ」

　私は宅配便のことを思い出して飛び起きる。

　その時、私は私服で寝ていたことに気づいた。

　あれ、昨日着替えないで寝たんだっけ？

　不思議に思いながらもドアを開けた。

「はーい、今行きまー……す……って、誰？」

　ドアを開けた瞬間、私は棒立ち。

　だって……そこにはピンクの頭をした不良がいたから。

　その人は、いかにも不良って感じで、なぜか大きな荷物をかかえている。

「誰じゃねーだろ。俺だよ。幼なじみの朝陽。……お前、まさか昨日のこと忘れたわけじゃねーよな」

　あからさまに不機嫌全開の不良さんは、私の幼なじみの朝陽だと名乗る。

　朝陽……あさひ……あさひ……。

「えぇぇぇ！　朝陽ぃ——!?　昨日のことは夢じゃなかったの——!?」

　玄関に私の悲鳴が響き渡る。

　……ウッソ。

　昨日のことは本当だったんだ。幼なじみと再会して、過去のことを話して、一緒に暮らすって……。

　あ、ダメだ。混乱してる。

「心美は変わんねぇな。そういうとこ。悪いけど、部屋入るぞ」

　固まっている私をよそに、自分の家みたいにズカズカ上がってくる。

「うわっ、ちょ、待って！　本気で私と暮らすの!?」

「あ？　当たり前だろうが。親にもちゃんと言ってきたぞ」

「……」

　マジですか。

「お前、まさかバイト探してないよな？」

　ギクッ！

　そういえば、そんなこと話した気がする。

「でもバイト探さないと食費が……」

「それは大丈夫。俺が親父に仕送りしてもらうよう頼んだから」

　ニヤッと笑う朝陽は悪魔そのもの。何それ。怖すぎなんですけど。

　親父に頼んだって……。

「申し訳ないよ。それにやっぱり一緒に暮らすのは……」

「だーかーら。それは、あの約束を果たすために俺が心美と一緒に暮らしたいだけ。迷惑なんかじゃない。むしろ俺が……」

「俺が？」

「……」

　なぜか顔を赤くして、私からそっぽを向いた。続きを促すけど何も言ってくれない。

　昨日も、同じやりとりをした気がする。

　……まぁ、いいか。

「ってことで、これからよろしくな。心美」

「……っ、う、うん」

　王子様スマイルで名前を呼ばれ、気づいたら頷いてた。

　私……ちょろすぎだろ。

　自分で自分に呆れる。

「これからは、思いっきり甘やかしてやるから覚悟しろよ？」

「は、はい!?　覚悟!?　どういうこと？」

　朝陽が何を言っているのか、まったくわからない。完全に動揺しまくっている私。

　あー、もうっ！　朝陽に、流されっぱなしじゃん！

「そういうウブなところもかわいいな」

「え、ちょ、朝陽!?　ひゃあ！」

　──ちゅ。

　朝陽が近づいてきたと思ったらおでこにキスされた。

　不意打ちだったから、避けることもできずにされるがま

まになってしまった。

　私は、ばっとおでこを手で覆う。

　おでこはジンジンと熱を帯びていて熱い。

　私の心臓は……ドキドキと激しく脈打っている。

「これからよろしくな、心美」

「……～っ！　もうっ！」

　私は、真っ赤になっているであろう顔を俯かせる。

　これから……私の生活はどうなってしまうんだろう。

　こうして朝陽との同居生活が始まった。

ピンク頭の理由

　──ピピピ、ピピピ……。

「……んっ、朝……って、朝っ！」

　気持ちのよい眠りから目覚ましによって起こされた。ここ最近は疲れが溜まっているから起きるのが辛い……。

　私は体を起こして朝陽を見た。

「朝陽！　朝だよ！　今日入学式だから、早く準備しないと遅刻しちゃう！」

「……んー……、ここみ……」

「ちょ、何すんの！　は、離して〜」

　同じベッドの中で寝ている朝陽を起こしているけれど、寝ぼけているのか、私をまた布団の中に引きずり込もうとする。

　そのひとつひとつの仕草にドキドキしっぱなしの私は、今にも心臓が口から飛び出そう。

　いやぁ、こんなにドキドキする同居なんて聞いてないよ！

「朝陽！　いい加減起きて！　ぶっ叩くよ！」

　だんだんイライラしてきた私は最後の手段に出る。

　まったく。

　毎朝毎朝……。

「んー、心美おはよう……」

　ようやく起きた朝陽は、眠たそうにまぶたをこする。

そんな姿に不覚にもドキッとしてしまう。

「う、おはよう。早くしないと高校の入学式に遅れちゃうから」

「めんどくさい〜。心美、今日はサボろうよ」

「はぁ？　ダメに決まってんでしょ！　ほら、ベッドから下りて！」

　　──ドタッ！

　私は無理やりベッドから下ろそうと朝陽を押したら、呆気なくベッドから落ちる。

　鈍い音が部屋に響いた。

「いってー、心美もうちょっと優しくしてよ」

「寝坊する朝陽が悪い。早く制服着て」

　私はベッドから下りるとクローゼットの中から制服を取り出し、ずいっと手渡す。

「ふわぁーい……」

　朝陽は渋々起き上がり、制服に着替えるために洗面所に入っていった。

　……はぁ、朝陽ってこんな寝起き悪かったの？

　私はブツブツと文句を言いながら布団を直し、学校に行く準備を始めた。

　昨日は私が床で寝る予定だったのに、それを許してくれなくて結局ケンカしながら寝たんだっけ。

　同居する前に、ルールを決めておくんだった。

　私たちの通う予定の天野学園高校は、公立で不良校として有名な高校。

　私は校則が緩いという理由だけで受験したんだけど、朝陽に『なんで天野学園に決めたの？』と聞いたら、親の言うことを聞きたくなかったからだって。

　いつの間にこんな反抗期になってグレちゃったんだろう。

　小学生のころは、心優しくて面倒見がよくて、習い事だって真面目に行っていたのに。

　だけど、朝陽の性格は変わっていなかった。

「はぁ、着替えよ」

　私は考えるのをやめて、制服に着替えて朝ご飯の準備をすることにした。

　天野学園の制服は、白いブラウスにグレーのジャンパースカート、胸元には赤のリボン、ボレロを羽織って完成。

　……制服はこんなかわいいのに、なんで天野学園は不良校なんだろう。

　まぁ、考えても仕方ないか。

　私は朝ご飯を準備するため、キッチンに向かった。

「「いただきます」」

　朝ご飯ができて朝陽も準備が終わったので、ふたりでいただきますをする。

　昨日と同じようにローテーブルを挟み、向かい合う形に座る。

　目の前に座る朝陽の制服は紺のネクタイにブレザー姿。

　その格好はすごく様になっていて、とてもかっこよかった。

　っていうか、昨日も思ったけど、朝陽めちゃくちゃイケメンだよね……。

　まじまじと見つめる。

　スッと通った鼻筋、細くてキリッとした二重まぶた、ちょこんと乗った薄いピンク色の唇。

　ピンク色の髪は、朝陽にとても似合っていて違和感がまったくない。

　見れば見るほど魅力的でミステリアス。

　かっこいいを通り越したような……。

「……ん？　どうした、心美」

　じーっと見つめていると、私の視線に気づいたのか見つめ返してくる。

　──ドキッ。

　私はびっくりして、思わず赤くなった顔を隠すように味噌汁を飲んだ。

「いや、あ、朝陽ってなんでピンク頭なのかなーって思って」

　何か話題を探さなきゃ、と焦って出てきた話題がそれだった。

　ああ、なんてこと聞いてるの!!

「ああ、そのことか。まだ心美には話してなかったな」

「ん？　話？」

　焦っている私をよそに、朝陽は真剣な顔になってコトッと音を立てて茶碗をテーブルの上に置く。

　話……。

　そういえば、朝陽の過去のことなんも聞いてないな。

　私は話したけど……。

　これから一緒に暮らすんだったら、朝陽のこともいろいろ知りたい。

　過去のことも今のことも。

　私も話を聞くため、朝ご飯を食べるのをいったんやめた。

「俺は……暴走族の総長をやっている」

「は？　暴走族？」

　いきなり話を始めた朝陽に、目が点になる。

　唐突すぎるでしょ……と思いながらも、朝陽を見つめる。

「中学に上がるころ、少し親に抵抗したくて、あの繁華街で片っ端からケンカをしてたんだ。それを見た今のグループの元総長に拾われて……。Skyblueってチームに入った。それで、族の頭にまで上りつめたんだ」

　そんなことがあったんだ……。

　『親に抵抗したくて』って、朝陽……これまですごく我慢していたんだろうな。

　話を聞いただけだけど、きっと相当無理をしていたんだってわかる。

　小学生のころの朝陽だって、苦しかったはずだよ。

「そっか……。だから、私を助けてくれた時、あの繁華街にいたんだ。朝陽も大変だったんだね」

　話を聞いていて苦しくなる。

　お金持ちだからって、幸せなわけじゃない。

「でも、今は心美と一緒に暮らせて楽しいぞ」

「えっ、あ、そ、そう？　ならよかった」

　ひとりで悶々と考えていると、突然の朝陽の言葉にド
キッとする。

　今、思えば、あの日の朝陽が助けてくれたおかげで、こ
うして暮らせているんだよね。

「まぁな。心美は、この話を聞いて驚かないんだな」

　驚く？　何に？

「べつに驚かないよ。私はちゃんと朝陽のことを知ってる
し、優しいのはわかっているから」

「心美も相変わらず優しいな。それに……かわいくて美人
だ」

「な、なに言ってるの!?　朝陽、眼科行ったほうがいいん
じゃない!?」

　き、急にそんなこと言うなんて。こんな私をかわいいな
んて、朝陽はきっと目が悪いんだ。

「……心美、もしかして無自覚？」

「無自覚？　どういうこと？」

　またわけのわからないことを言われて、頭の中が混乱す
る。

　朝陽……まだ寝ぼけてんのかな。

「いいや。ところでここから本題に入るぞ」

「え？　今の話、前置きだったの？」

　そっちのほうが驚きを隠せない。

　てっきり話は終わりなんだと思っていた私は、目をぱち
ぱちと瞬かせる。

「まぁな。俺が暴走族の総長なのは理解しただろ？」

　朝陽の言葉にコクコクと頷く。

「これからは俺と関わることになる。それで、心美には変装して学校に通ってほしい」

「は？　変装……？」

　これまたとんでもない提案が飛び出てきて、思考回路がフリーズしてしまう。

　……変装？

　変装ってあの変装？

「え？　なんで？」

「俺と関わると、まわりの人間にも危害が及ぶ可能性がある。それに、総長の彼女に間違われたら、“姫”と勘違いされてさらに狙われやすくなる」

「……」

　姫？　いったいなんのこと？

　朝陽といると危ないっていうのはわかる。

　だけど……。

「……変装までする必要あるの？　暴走族とか不良とか危ないのは知ってるよ？　でもそこまでしなくてもいいんじゃない？　『姫』はわかんないけど、私を狙う人なんていないと思うけどな」

　こんな何もない私を狙う人がいるなら、逆に名乗り出てほしいくらいだ。

　私を狙ってもメリットはない気がする。

「俺からの頼みだ。変装して学校に通って。これが……心美の身の安全を守るんだ」

眉をひそめて懇願するように言われた。

……そんなふうに言われたら、変装するしかないじゃん。

「……わかった。だけど私、変装道具持ってないよ？」

「そこは大丈夫だ。ちょっと待ってろ」

　朝陽は味噌汁を飲み干すと、席を立ってクローゼットの中身をガサゴソと漁っている。

……朝陽、なんでそんな私を守ることに必死なんだろう。

「これ」

「ん？　これは……スプレー？　と、メガネ？」

　朝陽から渡されたのは、小さなスプレー缶と分厚い真ん丸の伊達メガネだった。

「そうだ」

「すご……」

「髪型はそれでいいが、心美の髪色は栗色だろ？　だから学校に行く時だけは黒に染めてほしい。洗えばすぐに落ちるやつだ」

　感心して変装道具を見ていると、朝陽はなぜかドヤ顔で道具の説明をしていた。

「つまり、私は、これをして学校に行けばいいんだよね？　了解」

　朝陽には助けてもらってばかりだから、少しは朝陽の言うことを聞かなきゃな。

「おう、念のためってことで。まぁ、俺がずっとそばにいるし、必ず守るけどな」

「……っ！　は、はい……」

　もう、だから不意打ちやめてよ〜。心臓に悪いじゃん。

　そうやって、サラッとかっこいいこと言うんだから。

　胸のドキドキを抑えて、俯く。

「あ、私からもお願い、ひとつしてもいい？」

「お願い？」

　私も、朝陽に約束してほしいことがあったんだ。

　危ない、忘れるとこだったよ。

「うん。あのね、私たちの同居のこと、秘密にしてほしいの」

「秘密に？」

「そう。学校にバレたら説明とかめんどくさいし、朝陽も秘密にしてたほうが何かといいでしょ？」

　幼なじみと同居してるなんて、朝陽の評判に傷がついちゃう。

　ましてや、地味子に変装するんだもん。

　絶対、誰にも"一緒に住んでる"って知られないほうがいいに決まってる。

　朝陽、高校でも絶対モテそうだしな……あはは。

「そのことか。俺もそのつもりだった。そのほうが、かわいくて大事な幼なじみのこと、ひとりじめできるしな」

　朝陽は私に近づいて、耳元でささやく。

　その瞬間、一気にぼぼぼっと私の体温は上昇した。

「な、バカッ！　そういう意味じゃないよ！　からかわないで！　早くご飯食べよ！」

「はいはい」

　私は赤い顔を誤魔化すようにして、朝ご飯を胃の中に入

れる。

　食べ終わったあとは食器を洗い、変装するために洗面所へ向かった。

　……どうしてこうなったんだろう。

　私は今、最高に絶望している。

　朝陽に言われて変装したはいいものの……これはひどすぎない?

　私の唯一の自慢である背中まで伸びた栗色の髪はあっという間にスプレーで黒に染まり、丸メガネをかけたら変装完了。

　最初に鏡で自分の姿を見た時、目を疑った。

　髪色を変えるだけで、こんなに印象が違うのかって。

　しかも、黒髪は似合っていない。

　朝陽は似合ってるって褒めてくれたけど、自分ではそうは思えなかった。

　そして……道行く人の視線が、痛い。

　グサグサと刺さり、もう入学式なんか出ないですぐに回れ右をして帰りたい気分。

　それに加えて、

「ねぇ、あのピンク頭の人、超かっこよくない?」

「わかるー! 強そうだしね!」

「めっちゃイケメンだし!」

　同じ制服を着た女子高生たちが、目をハートにして朝陽を見ている。

　これ、変装しても意味ないんじゃ……。

　朝陽と一緒にいたら目立つと思っていたけど、まさかここまでとは。

　隣にいるのが申し訳ない。

「隣にいる、地味な女誰？」

「もしかして彼女とか？」

「うわー、ありえないわ。消えてくんないかなー」

　……ごめんなさい、ごめんなさい……。

　朝陽の隣にいるのが、こんなちんちくりんの私でごめんなさい……。

　幼なじみでごめんなさい……。

　なんだか罪悪感でいっぱいになり、ひたすら心の中で謝る。

　誰に謝ってんだかわからないけど。

　うー、やっぱり別々に出てくればよかった……。

「あ、朝陽……」

「んー？　どうした？」

　朝陽は、いつもどおりのスマイル。こんな時でも、このイケメンな顔は崩れない。

　……さすがだな。

　女子の視線、気にならないのかな。

「あの……ものすごく目立っているのですが……」

　視線を受けながら体を縮こめる。

　今、完全に猫背状態。同じ学校の生徒たちは、みんなこちらを見ている。

　私……高校生活、終わったな……。

「あんま気にすんな。いつものことだろ」

「え、これがいつものこと？」

「そうだよ。けど、こんなんいちいち気にしてたらキリが
ねーから無視だけど」

　朝陽の発言に驚く。

　こ、これがいつものことなんて……暴走族の総長の影
響（えい）とかもあるのかな。

　モテる人も大変だねー。

　なんて気を紛（まぎ）わすためにどうでもいいことを考える。

「まぁ、心美はいつもどおりに過ごしてればいいんだよ。
これからずっと一緒なんだから、慣れていくしかねーな」

「……早く行くよ」

　いつもどおりなんて無理でしょ。

　私は朝陽を置いて早歩きで学校に向かう。

「心美!?　なんで先に行くんだ！」

「あー！　聞こえなーい！」

　お願いだから、私の名前を大声で呼ばないで！

　悪目立ちする！

　はぁ。

「クラス表は……あ、あった」

　ザワザワと騒がしい天野学園の昇降口（しょうこうぐち）。

　無事に学校につくと私は教室を確認するため、クラス表
を見ていた。

　不良校だけど登校している人が多いのか、昇降口は新入

生らしき人でごった返していた。

　私はそんな人混みをかき分け、なんとかクラス表を確認する。

「えーっと……」

「心美っ！　はぁ、やっと追いついた……お前逃げ足はぇぇ……」

　自分の名前を探していると、遅れてきた朝陽が肩で呼吸をしながら私の隣に並び、合流した。

　逃げ足速いって……普通の早歩きなんですが。

　そんな朝陽をジト目で見たあと、再び自分の名前を探す。

「あ、私１組だ」

　全部で5クラスある中から、自分の名前を１組のところで見つけた。

「ほんとだ。俺は……って、心美と一緒じゃねーか」

「は、嘘っ！」

「嘘ってなんだよ。俺と同じクラスになんのがそんなに嫌か？」

　不満そうに唇を尖らせる朝陽をよそに、私は１組に書かれている名前をガン見する。

　……ほんとだ。

　私、朝陽と同じクラスだ……。

　うれしいのかな。嫌な感じはない。その証拠に、心臓はドキドキと騒がしかった。

「べつに嫌じゃないけど……」

「ならいいじゃん。じゃ、教室行くか」

「うん」

　さっきとは違って、満面の笑みを浮かべながら私の腕を掴んで校舎の中に入っていく。

　そんな朝陽とは反対に、私は微妙な気持ちで彼のあとをついていった。

彼の仲間

——ガラッ。

朝陽に引っ張られながら1組のドアを開ける。すると、クラスメイトの視線が一斉にこちらに集まった。

……勘弁してー！

朝からこの視線をずっと浴び続けている私は、もうゲッソリ。

こういうことになるのは覚悟していたけど、こんなに視線を感じるって、やっぱり朝陽は目立つしモテモテだね。

朝から疲れが溜まっていて、もう帰りたい。

さっきからずっとそんなことを考えている。

初日早々こんなのって、私……大丈夫かな。

だけど、これからずっと朝陽といるわけだし、逃げられそうにない。

「え、本当に工藤くんだ！　やっぱり実物かっこいい〜」

「ほんとだ。このクラス、当たりじゃない？　イケメン多すぎ！　しかも、Skyblueのメンバーほとんど揃ってるじゃん」

「うんうん。あー、最高！」

クラスでも、女子の視線を一気に集めている朝陽。当の本人は気にしていない様子で、自分の席を確認している。

真面目かよ。

朝陽を睨みながら心の中で突っ込む。真面目な不良って

初めて見た……。

　丸メガネをクイッと上げながら、私も黒板に近寄って席を確認する。

　私の席は……。

「心美、こっち」

　すると、いきなり朝陽は私をまた引っ張る。

「私、まだ席確認してな……」

「そんなん確認しなくてもいいだろ。心美は俺の隣だから」

「はぁぁぁ!?」

　教室中に私の叫びが響き渡る。気をつけていたのについ気持ちが抑えきれずに叫んでしまった。

「え、何あの女。工藤くんとどういう関係!?」

「地味すぎる……。あんな女、工藤くんと釣り合わないよ！」

　私が叫んだせいで、またクラスの視線が集まる。通学路を歩いてる時と同じ視線……。

　女子からの嫉妬の視線はマジで怖い。

「はー、視線は気にするなって言ったろ」

「いや、朝陽が気にしてなさすぎなんだって」

　それでも文句を言う私。

　私、女子の嫉妬を一気に集めた気がする……。

　朝陽ぃ！　なんでもかんでも自分の思いどおりになるなんて思うなよー！

　私はこれ以上嫉妬の視線を集めたくないので、大人しく朝陽についていくことにした。

　この先、いったいどうなることやら……。

　おまけに朝陽と一緒に住んでるって広まったら、身の危険が……。

　考えただけでも恐ろしい。

　みんな、朝陽が暴走族の総長ってこと、知ってるのかな。ちょこちょこそんな話は聞こえるけど。

「ここ、俺らの席。心美は右隣ね」

「……」

　あれこれ考えているといつの間にか席についていて、満面の笑みで隣の席を指さしている。

　……マジですか。本当に隣の席なんだ。

　この視線、毎日続くとか……メンタル持ちそうにない。

　もちろん朝陽と一緒なのはうれしいけど、これからはまわりに気をつけなきゃ。

　心の中でそう誓った。

「あれ～？　朝陽じゃん。ちゃんと学校来たんだな」

　席に座ってカバンの中身を整理していると、突然目の前に座っている男子が朝陽に声をかけた。だけど私は、それを無視して席に座る。

「うるせー。心美が言うから仕方なくだ。それより、またお前と一緒のクラスなんてな」

「ほんとだよ。しかもSkyblueのメンバーほとんどいるぜ？　って、この地味子ちゃん、誰？」

　……え、私のこと？

　そう思って、いったん手を止めて男子を見る。

　……きれいな顔。

彼を見て最初に思ったのが、それ。

かなり整った顔立ちで、イケメンと呼ばれる類の人。でも髪色は……緑色だった。

だけど、まったく違和感はなくてすごく似合っている。

この人、朝陽の知り合い?

「……朝陽、この人誰?」

朝陽に質問する。

何がなんだかわからないけど、その目の前の男子の顔は見られなくて。

ちらっと覗き見てみると、汚れたものを見るような目で私を見ていた。

その視線は女子の嫉妬の視線とはまた違い、鋭くて敵を見るような感じ。

ゾクッと背中に寒気が走る。

思わず身震いしてしまった。

「おい、心美をそんな目で見るな。怯えるだろ」

「だってよ、朝陽が女子を連れているなんて珍しいし。初めて仲良くしてる女子がこんな地味って……」

――グサッ!

さ、さすがに今の『地味』発言は効いたよ……。

変装している姿は地味だと認識してるけど、いざ面と向かって言われると……なんか、こう……うん。

「いくらなんでも言いすぎだ。こんなかわいいのに、それ以上言ったら冬馬でも許さねー」

私がひっそり落ち込んでいると、朝陽がドスの効いた低

い声で言いながら緑色の頭をしたイケメンくんを睨んでい
る。

　あ、朝陽……？

「へぇー。お前がそこまで言うなんてな」

　驚いて緑頭のイケメンくんを見ると、彼は怯える様子も
なく朝陽を睨み返していた。

　……なんなんだろう、この雰囲気。

　2人に挟まれ、どうしたらいいかわからないでいると、

「もう、朝陽くん！　そんな怖いオーラ、朝から出さない
でよ！　女の子、怖がってるじゃん」

「……は？　イデッ！」

　別のほうから声が聞こえて振り返ろうとした時、朝陽の
うめき声が聞こえた。

「は、なせっ！　やっぱり、お前かっ！　総長に一撃与え
るなんていい度胸だな」

　私は、朝陽を無視して後ろを振り向くと……。

「ねぇ、大丈夫だった？」

「いやぁぁぁ！」

　──バシッ！

　見知らぬ顔のドアップが映り込み、私はびっくりして、
反射で相手の顔をぶっ叩いてしまった。

　ジンジンと痛む手のひらを見て、はっと我に返る。

　ど、どうしよう……つい反射的に……。

「いったぁ……キミ、力強いんだね」

　声がするほうを見ると、頬を押さえて涙目で私を見つめ

るかわいい男子がいた。

　ああ、私はこんなかわいい男子の顔を叩いてしまったのか……。

　私ったら、初日からやらかしすぎでしょ！

「ご、ごめんなさい。つい反射で……。大丈夫ですか？」

「んー、なんとか大丈夫」

「よ、よかった……」

　私を見てにっこり笑う彼は……目を見張るほどかわいくて、女の私でも守りたくなるような風貌だった。

　ぱっちりクリクリお目々に、くせっ毛なのか、茶色い髪はくるんと巻かれていてふわふわ。ぷっくりとした唇は、かわいいのに色気たっぷり。

　だけど身長は高くて、ほっそりとしたモデル体型。

　どこから見ても完璧な美男子だ。

「渉、お前いい加減にナンパするその癖、治せ。そんでもって俺には一撃与えるな」

「それは、一撃食らう朝陽くんが悪いんでしょー？　それにナンパじゃなくて声をかけているだけ！　いつの間に、こんな彼女できちゃって。抜け駆けするなー！」

「うわ、ちょ、やめろ！　あとで説明するっつーの!!」

　その人はポカポカと朝陽を叩いて、何やら文句を言っている。

　私は、バカみたいにポカーンとしてその光景を眺める。

　……この人たち、誰？

　そんな疑問が、頭の中をぐるぐると回る。

　朝からいろいろありすぎてパンクしそう。

「あ、朝陽？　これ、どういう状況？」

　とりあえず私は朝陽と茶髪の男子を引き剥がして、なんとか事情を聞こうと試みる。

　クラスメイトの視線が気になるけど、気にしてなんかいられない。

「あー、心美にはまだ話してなかったな。簡単に言うと、コイツらは俺の仲間だ」

「なか、ま？」

　ざっくりとした説明で、思わずまわりを見渡す。

　……イケメンだらけのこの空間。

　この人たちが朝陽の仲間って……もしかして暴走族関係の人たち!?

「そう、仲間。心美に説明したいところだけど、ここじゃなんだしな……」

　朝陽はぐるりとあたりを見渡し、考える仕草をしている。

「なら、俺らの溜まり場で説明すればいいじゃん。俺も事情を聞きたいしな」

　ニヤリと笑う緑髪くん。

　……怖ーっ！

「それもそうだな。心美にも一度来てほしいと思ってたからな。いつcheaterが襲ってくるかわからないし」

「そうそう」

　チーター？

　ダメ、頭の中がパンクしそう。

「よーし、それじゃあ決まり！　今日は学校が終わったら
溜まり場集合ねっ！」

　茶髪のイケメンくんが、勢いよく拳を突き上げて目をキ
ラキラさせながら言う。

　……なんか、勝手に決められちゃったよ。

　この人たちについていって、本当に大丈夫なんだろうか。

　不安に思いながら朝陽を見るけど、楽しそうにみんなと
話している。

　これからどうなるんだろう、と考えながら、私は入学式
に臨んだのだった。

　無事に入学式とホームルームが終わり、あとは帰るだけ
になった。

「じゃ、僕らは先に行くねー！　バイバイー」

　まだ名前も知らないイケメンたちは、ヘルメットをかぶ
るとバイクで学校を去っていく。

　私も、これから朝陽と行くところがあった。

「朝陽、溜まり場ってどこにあるの？」

　イケメンたちを見送ったあと、朝陽に詰め寄る。

　なんだかんだ勝手に話が進んで放課後を迎えたわけだけ
ど、詳しくは説明されていない。

　それに、みんなで学校を出たのはよかったけど、イケメ
ンたちのバイクは学校から少し離れたところに置いてあっ
て……。

　まさか学校にバイクで来ているとは思わなくて、私は開

いた口が塞がらなかった。

　いくら不良が多い高校とはいえ、これはバレたらマズすぎるでしょ……。

　暴走族って、ほんと……よくわからない。

　朝陽は、溜まり場までどうやって行くつもりなんだろう。

　イケメンたちはバイクだったし、歩ける範囲にあるとは思えないけど……。

「んー、隣町の海岸。そこに倉庫があって、俺らの溜まり場として使ってんだ。俺らのチームはかなり規模がデカいから広いぞ」

「と、隣町の海岸!?　って、遠くない!?」

「そうか?　それほどじゃねぇよ。……よし、いったん帰って準備だ」

「は!?　準備!?」

　さっきから情報が多すぎてまったくついていけない私は、考えるのをやめた。

「わかったよ」

　疲れも溜まっていたので、さっさと終わらせて家でゆっくりしたい。

　……家に帰っても朝陽と一緒にいるけど、学校にいるよりはマシだ。

「おう。そう来ないとな。心美にはいろいろ把握してもらいたいからな。これからのためにも」

　疲れきった私をよそに、朝陽はなぜか真剣な声で話している。

　けど、私はそれどころじゃなかった。

　それからアパートに帰って、念のためもう一度スプレーを頭にかける。

　これ、結構めんどくさいな。

　毎日サボらずできるだろうか。

　あはは……。

　さらに制服から私服に着替え、必要なものを持ったら準備万端。

　制服より私服のほうが気が楽だと思って、着替えたのだ。

「朝陽ー、準備できたよ。……制服で行くの？」

　朝陽のもとへ駆け寄ると、スマホをいじっていた。その姿は制服のまま。

「まぁな。めんどくさいからな。心美は私服で行くのか？」

「うん。ダメだった？」

「いや、むしろ私服のほうが安全かもな。じゃあ行くか」

「それより、どうやって隣町まで行くの？」

　家を出て、アパートの階段を降りながら尋ねる。

　イケメンたちと違って、朝陽はバイクを持ってなさそうだし……。

　朝陽のあとをついていきながら、そんな心配をした。

　だけど、朝陽は何も答えてくれなくて……。

「朝陽ー、朝陽ってば」

「ん？　どうした？」

「どうしたじゃないわよ。どうやって行くか聞いてるの。

まさか、バイクじゃないよね？」

　黒に染まった髪が、風に揺れてサラサラと流れていくのを感じた。

「バイクな。いちおう持っているけど、どーせなら免許を取ってから乗りてーし」

「え、真面目かよ！」

「じつは教習所も通ってるから、16になったら本格的に乗ろうと思ってるけどな」

　当たり前なんだけど、教習所にも通っているんだ……。

　暴走族って無免許でバイクなんかを乗り回しているイメージだけど、朝陽って結構真面目なんだな……。

　いや、朝陽は昔から真面目か。

　真面目で優しい男の子。

　なんだかんだいって、ちゃんとしてるんだな。

「真面目で悪かったな」

「……」

　なぜか、私の言葉に怒ったような拗ねたような感じで、そっぽを向かれた。

　私はため息をついて前を向く。

　……と、そこには見慣れない真っ黒い車……リムジンと思われる車が停まっていた。

「あ、朝陽。この車、うちのアパートの前に停まってるんですが……」

　嫌な予感しかしないけど、いちおう尋ねてみる。

　おそるおそる隣を見てみると、朝陽は怪しくニヤリ、と

微笑んだ。

　──ドキッ！

　その怪しい笑みに心臓が反応して、目をそらす。

　いや、ドキッとするタイミング違うでしょ。

「この車は俺が呼んだんだ。アパートの前に停まってても問題ねぇーはずだ」

「……」

　やっぱり……。

　昔、朝陽の家の前で同じような車を見たことある……。

　それにしても、このアパートの前にリムジンを停めるとか悪趣味すぎるっ！

　朝陽が生粋のお坊ちゃんだったってことを、今さら思い出した！

「まさか、この車で隣町に行くって言わないよね？」

「はー？　行くに決まってんだろ。だからわざわざ呼んだんだ。俺の専属執事をな。赤座さんっていうんだが、心美は会ったことなかったか？」

「うーん、何度か会ったような。あの人が赤座さんっていうの？」

「そっか、小学生だったし、はっきりは覚えてねーか」

「……」

　小学校の時、朝陽は車で帰っていた。

　その時にチラッと運転手さんを見たことがある。

　もしかして、その人かな。

「よし、乗るぞ。これ以上、冬馬たちを待たせるわけには

いかない。今日は報告もしないといけないし」

　……お父さん、お母さん。

　私……今さらだけど、とんでもないことに巻き込まれて
しまったみたいです。

「ほら、乗れ。……赤座、車を出してくれ」

　無理やり車に乗せられると、赤座さんに挨拶する間もな
く命令が出された。

「はい。いつもの場所ですね？」

「そうだ。頼む」

「かしこまりました」

　ミラー越しで目が合った赤座さんに軽くペコッとお辞儀
をすると、そのまま目をそらされて車が発進した。

　そして広すぎる車内を見渡しながら、じっと倉庫につく
のを待った。

Skyblue

　車に揺られること、15分。

　私たちを乗せた真っ黒なリムジンは海岸沿いに停められ、私は朝陽と降りる。

　私たちが降りるとリムジンのドアは閉まり、走り去っていった。

「なんか、赤座さん少し怖くなかった？」

「そうか？」

「うん、さすが工藤財閥の執事さんだって思った」

　オーラがあって、すごく怖かった。

「昔から世話になってるから、よくわかんねぇな」

　私は「そうなんだ」と返事をしながら、あたりを見渡す。

「倉庫ってどこにあるの？」

「ん？　そこにあるだろ？」

「へ？　……嘘、でっか！」

　倉庫っていうから、もっとオンボロの廃墟建物をイメージしてたんだけど……。

　目の前にあるのは、鉄骨コンクリート製と思われる事務所のような建物。

「全然倉庫じゃないじゃん！」

「……まぁ、そうかもな。ほら、行くぞ」

　目の前の倉庫……らしき建物に呆然としていると、朝陽は私の手をぐいっと引っ張る。

「朝陽、引っ張んないでー！」

　よろけそうになりながらも、私は歩き出す。

　朝陽の手のぬくもりを感じながら――。

「でっか〜。やっぱり倉庫じゃないよ……」

「まだ言ってんのか？　ここはSkyblueの溜まり場だけど」

「……さすが暴走族……。無知ながらもその力の強さ、これを見て感じるよ」

　暴走族の溜まり場って、いったいどういう仕組みなんだろう。この中に、みんなもいるってことだよね？

「……あ、そう。じゃ、入るぞ」

　そう言って朝陽は私の手を離すと、取っ手に手をかけてドアを開ける。

　ギィィ……と音を立てて開いたと同時に、

「朝陽くんー！　おっそーい！」

　ガバッと誰かが朝陽に覆いかぶさった。

「うわっ！　なんでいきなり出てくんだよ！　つーか、どけっ」

　朝陽は襲われ、飛び出してきた人物と一緒に倒れ込む。だけど、すぐにその人物を力強くどかすと、立ち上がってパンパンと手を叩く。

　さ、さすが総長……。

「いってー！　朝陽くん、もう少し優しくしてよ！」

「無理だな。飛びかかってきたお前が悪い。ったく、お前は遠慮（えんりょ）ってもんを知らないな」

「……」

　それ、朝陽が言う？

　私はジトッと睨むような目で朝陽を見たあと、倒れ込んでいる人物を見る。

「茶髪くん、大丈夫？」

　名前はまだ知らないので、私は彼を『茶髪くん』と呼ぶことにした。

　今朝は私のビンタを食らって、今は朝陽に強くどかされて……散々だな。

　まぁ、どっちも自分から飛び込んできたんだけど。

「大丈夫！　僕、強いから！」

　はぁ……。

　心配になって声をかけたらそんな答えが返ってきて、ポカン、とする私。

「それよりも」

「それよりも？」

「僕の名前は吉野渉だから。渉って呼んでね」

「渉、くん？」

「そう……って、朝陽くん何すんの!?」

　渉くんの声で顔を上げて見てみると、いつの間にか朝陽は渉くんの首根っこを掴んで威嚇していた。

「お前は心美に近づくな！　それよりも早く中入れ！」

　朝陽って、仲間の前だとこんな表情するんだ……。

　私の前じゃ見せない、楽しそうな表情をしている。

　私は、ふたりがじゃれ合っているのを見ながら微笑んだ。

「おーい、お前ら、なに入り口で騒いでんだよ。さっさと

中に入ってこい」

　倉庫の中から誰かに声をかけられ、ふたりのじゃれ合い
が止まる。

　私は、ふたりを横目に入り口のほうを見る。

　……そこには見慣れない顔があった。

　そして、私はその頭を見て絶句する。

　まさかの……金髪だったから。

「あ？　そこの女、誰だ？」

　そして、向こうも私に気づいたのか、目を細めてこちら
を睨んでいる。

「恭平か。今からその説明もするから、みんなを集めてく
れ」

「……もう集まってる。あとはお前らだけだ」

「わかった。悪かったな。心美、行くぞ」

「う、うん」

　ふたりは短く会話をしたあと、朝陽だけが私を見る。

　その顔は真剣な表情をしていて、なんでそんな顔をする
んだろう、と不思議に思いながら私もあとをついていった。

「ちょ、朝陽くんっ！　僕を置いてくなー！」

　そのあとを、渉くんが追いかけてきた。そして金髪くん
は、私をもうひと睨みすると中へ入っていった。

「お、お邪魔します……」

　朝陽と一緒に中に入ったのはいいものの、それからは
びっくりして立ち止まってしまった。

　目の前に広がる光景は……初めて見るもので。たぶん一

生忘れないだろう、と思った。

「あ、朝陽……この人たちは？」

「ん？　ああ、俺の仲間」

　また仲間!?

　いや、待って。どんだけ仲間いるの!?

「「「こんちゃッス！　総長！」」」

　ヤンキーたちが倉庫の中にいて、一斉に朝陽に挨拶をしている。私はビクッと体を揺らして、朝陽の後ろに隠れた。

「ひゃあっ！　あ、朝陽ぃぃ……！」

「心美、落ちつけ。俺の仲間だからなんもしねぇよ。上の部屋案内するから」

　朝陽は私をなだめると再び手を握り、部屋に案内してくれた。朝陽が手を握ってくれているけど、怖すぎてそれどころではなくて下を向いて歩いた。

　思わず、ぎゅっ、と朝陽の手を握り返す。すると、朝陽も握り返してきた。

　だけど、その間もヤンキーの圧がすごくてずっとビクビクしたまま。

「心美、ついたぞ。渉、先に行け」

「はーい。……朝陽くん来たよー」

　渉くんは、私を見たあと先に中に入っていく。

　朝陽は私の手を握ったまま、中に入った。

　握られた手が、とても熱い。だけど、それ以上に安心できた。

「おー、朝陽。遅かったな」

「悪い。それで？　みんな揃ってんのか？」

「ああ。とりあえず座れ。近況報告と説明をしてもらうからな」

　朝陽に話していたのは、同じクラスの緑色の髪をした男子。

　ドッドッドッ……。

　緊張しているのか、心臓が速く脈打っている。

　部屋を見る余裕なんかなくて、朝陽に連れられるがままソファに腰かけた。

　少し顔を上げて部屋を見ると、ソファは向かい合わせにあって、その真ん中にはローテーブルが置かれている。

　ここ、何に使われる部屋なんだろう。

　倉庫の部屋にしては豪華すぎるような。

　と、思いながら部屋を見渡す。

　向かい合っているソファは、男子が座っていて、みんな朝陽を見ていた。

　人数を数えてみると、私を含めて７人。

　みんなの視線はあまり感じることなく、肩の力を抜いて私も朝陽を見る。

　これが暴走族……。

　どうやって活動しているんだろう。

　朝陽からなんとなくは聞いていたけど、暴走族に詳しくないから私も気になる。勢いでここまで来たんだから、ちゃんと把握しておきたい。

「みんな揃ってるな。今日は話しておきたいことがたくさ

んあるが……、まずは心美を紹介する。心美、一言」

「……は？」

「俺もそれが一番気になってたな。姫を作らない朝陽が女子を連れているのも珍しい」

　ソファに座っている誰かが声を上げた。だけど、朝陽に言われた言葉が信じられなくて呆然としていた私には、誰が言ったかはわからない。

　私、トップバッターで自己紹介しなきゃいけないの!?

　みんなのことを先に知るのかと思っていたよ！

　心の準備なんてまったくできていなかった私は、ダラダラと冷や汗を流すしかできない。心なしか部屋の空気が張り詰めた気がする。

　緊張しすぎて……頭の中が真っ白になる。

　私、こんなにたくさんの男子に囲まれて話したことがなかったから、何から話していいかわからない。

　しかも、みんなイケメンだし……。

「あ、あの……」

「大丈夫だ。みんな話を聞くから。ゆっくりでいいから話してみろ」

　朝陽は私を見てにっこり笑う。その笑顔を見て、トクトク、と心地よく心臓がリズムを刻む。

　おかげで、緊張も少し和らいだ。

　朝陽の力ってすごいな……。

　その声を聞いただけで、見つめられるだけで、落ちつく。

　私は頷いて前を向くと、ゆっくりと口を開いた。

「私、藤原心美です。朝陽とは幼なじみです……」

　なんとか声を振り絞り、名前を名乗る。

　はぁー……よかった、言えた。

　ほんと、私がこんなイケメンたちに囲まれて自己紹介するとは思わなかった。

　朝陽もイケメンだけど、"類は友を呼ぶ"ってこのことを言うのね。

　あはは……。

「藤原心美……お前が？　朝陽から話は聞いていたがイメージと全然違うな」

「えっ。い、イメージ？」

　目の前に座る緑髪くんが、声を上げて私を見る。

　イメージと違うって……。

　まぁ、だいたい想像はつくけど。

「朝陽、いったい私のことをどういうふうに話してたのよ。というか、私のことなんで話してたの!?」

「……」

　私が問い詰めても、朝陽は無言を貫く。じーっと顔を見ていると少し、朝陽の顔は赤く見えた。

　……なんで顔赤いの？

「まぁまぁ、心美ちゃん。落ちついてね」

「気安く名前で呼ばないで！」

　渉くんがいきなり名前で呼ぶもんだから、思わず彼をキッと睨みつけてそう言っていた。

　私らしくない言い方だったけど、朝陽以外の男子に、名

前で呼ばれるのは落ちつかない。

「うおっ、迫力満点だね。地味な顔してやるじゃん」

「……」

　渉くんとは別の声が聞こえて、そちらを振り向く。そこには、髪をきれいにグレーに染めてメガネをかけた男子が座っていた。

　『地味』と言われて少し傷つく。すがすがしいほどバッサリと言われてしまった。

　朝陽の仲間は、どうしてイケメンばっかりなの。

　そのグレーの髪の人もこれまたひとつひとつの顔のパーツが整っていて、きれいな顔立ちをしている。

　それにメガネをかけていた。

　そのメガネのせいか、どこかクールな印象。

「朝陽、みんなのこと、紹介してよ。私、この部屋にいるメンバーの名前、ひとりも知らないんだけど」

　いろいろ言いたいことはあるけどそれはいったん置いといて、まずはみんなの名前が知りたい。

　そこから話を進めてほしい。このままじゃ話し合いにならないよ。

　私はふぅ、と息をついた。

「それもそうだな。Skyblueのことも知ってもらわないと。朝陽の幼なじみなら、なおさら。"姫"に一番近い存在かもね」

「……」

　だから、その"姫"って何？

　　わざとらしくグレーの髪の人が言ったあと、朝陽を見る。

だけど、朝陽は微動（びどう）だにせず、じっと考え込んでいた。

「自己紹介、始めてくれ」

　　朝陽が何か言うのかと思ったけど淡々（たんたん）とした様子でそ

う、みんなに指示を出していた。

　　……みんなの名前を知ることが先か。暴走族の仕組みも

気になるけどまずは自己紹介ね。

「じゃ、俺からね」

　　すっと、一番目に手を挙げたのは緑色の髪の人。

　　その人は私を見ながら、

「俺は小川冬馬（おがわ）。Skyblueの副総長をやっている。朝陽と

は中学生のころからの仲だ」

　　名前を名乗った。

　　小川、冬馬……か。

　　副総長ってことは朝陽の次に強い人？

「次は俺。俺は遠藤琉貴（えんどうるうき）。Skyblueの幹部をやっている。

ちなみに、ここにいる冬馬と朝陽以外みんな幹部だ」

　　と、グレーの髪の人はご丁寧（ていねい）にみんなの説明も追加して

くれた。

　　なるほど。

　　だけど……幹部ってなんだろう？

　　あとで説明あるかな。

　　なんて考えている間に自己紹介が進み、みんなの名前を

知ることができた。

　　小川くんの隣に座っている金髪くんは伏見恭平（ふしみ）、その向

かいに座っているのが長谷部雷。

そして、最後は入り口で自己紹介してくれた渉くん。この人たちがSkyblueの中でもトップのほうにいる人らしい。

つまり、みんなのことを整理すると。

◆総長……工藤朝陽

◆副総長……小川冬馬

◆幹部……長谷部雷、遠藤琉貴、吉野渉、伏見恭平

というメンバーになる。

改めてみんなのことを見ると全員イケメンで、目を奪われるほど。

彼らの背後は、心なしかキラキラしている。

こんな自分がここにいていいのかと不安になるくらい、私は場違いだ。

恥ずかしくて俯きそうになる顔を必死で上げて、本題に入った。

「ねぇ、幹部って何をしている役職なの？」

暴走族にも、役職があるってことはわかった。だけど、ひとつひとつ説明してもらわないと私にはわからない。

ここに来たのも、朝陽の立場を理解するためでもある。

「幹部は、族の組織をまとめる役割を担っていて、とくに暴走族の中でもケンカが強い。それに加え、他の族の情報収集したり、下っ端の奴のケンカの練習相手をしたりする」

今まで黙っていた朝陽が話してくれた。

「下っ端って、もしかして下にいた人のこと？」

「そうだな。でも、Skyblueは相当ケンカが強いから、練習相手なんて今までやったことないな」

　そうなんだ。なんとなく、わかった気がする。

「なるほど。もうひとつ聞いてもいい？」

　これ以上時間を取らせたくなかったので、質問を絞った。他にわからないことがあれば、あとで朝陽に聞けばいい。

「なんだ？」

「その、"姫" って、なんのこと？」

　一番気になっていたことを聞いた。その瞬間、朝陽の頬がピクッと動き、私の目をじっと見てくる。

　──ドキッ。

　その目は熱を帯びていて、真剣そのものの表情だった。

　すると魔法（まほう）がかかったかのように、自然と速くなる鼓動（こどう）。

　私の顔は……たぶん真っ赤だ。

　朝陽は、なんでそんな目で私を見るんだろう。

「藤原さん、"姫" っていうのはね」

　朝陽と見つめ合っていると、長谷部くんが説明を始める。

　はっと我に返り、長谷部くんを見る。

　やばい、時間が止まったかと思った……。

　まだドキドキする胸を押さえながら、長谷部くんの次の言葉を待つ。

「姫は……総長の彼女のことを指すんだよ」

　朝陽の、彼女……。

　その言葉に反応して、ドクンッと心臓が反応する。

「姫は暴走族にとっても大事な人で、みんなで命をかけて
守る。なんたって"姫"は他の族に狙われやすいからね。
みんなは姫のことを受け入れて心を開いて、全力で守る」

　全力で、守る……。

　頭の中で、その言葉だけがリピートした。朝陽に……そ
んな人、いるのかな。

　頭で理解するより先に、そう考えていた。

　……なんで今そんなことを考えるの。私には関係ないこ
とじゃない。

　それに、今は朝陽と同居しているじゃん。そんな心配す
る必要ないのに。

　私は、今度は朝陽から"あの約束"を破られそうで怖かっ
た。

「そういうことだな。これは、藤原さんにも少し関係のあ
る話だ」

「……私?」

　小川くんは、長谷部くんが話し終わってから、つけ加え
るように言った。どういう意味か聞き返そうかと思ったけ
ど、その口調はトゲがあるように聞こえて、それ以上は何
も聞けなかった。

「ところで、藤原さん。朝陽とこれからも一緒にいるなら
気をつけて行動したほうがいいよ」

「どういうこと?」

「じきにわかるよ。……ってことでこれからもよろしくな」

　小川くんは無理やり話を終わらせると、そそくさと部屋

から出ていく。

　……話、終わっちゃった。

　最後の言葉だけが気になる。朝陽といるなら気をつけろって。

　朝も朝陽に言われたけど、そんなに暴走族の世界は危険なんだろうか。

「はぁ。じゃあ俺らも行くか。悪いけど心美はここで待っててくれ」

「えっ。朝陽!?」

　朝陽はそれだけ言い残すと、部屋を出ていく。

　私はソファに座ったまま、みんなが出ていくのを見送った。

Heart 2

甘い夜

　その日の夜。

　私はお風呂とご飯を済ませて、あとは寝るだけになった。

　スマホをチェックしながら、今日の倉庫での出来事を思い返していた。

　今日は、いろいろなことがあったな。

　入学式が終わったあと、まさか暴走族の溜まり場へ行くなんて思ってもみなかったよ。だけど、朝陽の仲間は少し話せばいい人ばかりだということがわかった。

　もっと怖い人たちを想像してたけど、今の時代の暴走族ってイケメンが多いのかな。

　暴走族についても知ることができたし、朝陽の人柄や立場も……。

「お、心美。寝る準備万端だな。今日も一緒に寝るか？」

　ベッドに寄りかかりながらスマホをいじっていると、朝陽に声をかけられる。私はスマホから顔を上げた。その瞬間、ドキッと心臓が跳ね上がる。

　だって、だって……。

「あ、朝陽！　なんで上半身、何も着てないの！」

「べつにいいだろ」

　上半身裸で私を見おろしていたから、私の顔は一気に熱くなって、ぱっと視線をスマホに移す。

　——ドキン、ドキン……。

「なんだよ。俺の裸を見て変なこと考えてんじゃねーか？」

　服を着ながら朝陽は私の隣に座る。

「考えるわけないでしょ！　……って、わっ!!」

　朝陽がそんなことを言うもんだから、慌てて反論する。
だけど、朝陽はそうさせてくれなかった。

　急に引っ張られて抱きしめられる。突然のことにバラン
スを崩した私は、朝陽の胸に飛び込む体勢になった。

　こ、これは……恥ずかしすぎる。

「ど、どうしたの……急に」

「んー、なんか心美を抱きしめたくなった」

「……っ、ひゃあ!!」

　耳元でささやかれたかと思ったら、朝陽は私の首に顔を
うずめる。

　くすぐったくて、思わず変な声が出てしまった。

「はー、心美が早く俺のもんになればいいのに」

「……え、今なんて言った？」

　朝陽が何かをつぶやいたけど、私は自分の心臓の音で聞
こえなかった。

「なんでもねーよ」

　もう一度聞き返したけど、教えてはくれなかった。

「よし。そろそろ寝るか？　今日はいろいろあって疲れた
ろ」

　ぽんぽん、と私の頭を優しく撫でる。それが心地よくて、
もう少しこのままでいたいと思ってしまった。

　この気持ちはなんだろう。

　落ちつくような、ドキドキするような……。

「そうだね。今日は早く寝て明日に備えよっか」

　まだこのままでいたかったけど、ドキドキして心臓が壊れそうだったので、そっと朝陽から離れる。

「おう。心美は早くベッドに入れ。俺は床で寝るから」「は？ダメに決まってんでしょ。今日こそ私が床で寝るんだからね!!」

「バーカ。心美の部屋なんだから心美がベッドで寝ろ。ほら、早く入れ」

「朝陽!?」

　同居が始まってから、私はベッド、朝陽は床に布団を敷いて寝ている。

　たまに朝陽が布団の中にもぐり込んでくることもあるので、それだけはやめてほしいんだけど。

　昨晩も、どっちが床で寝るだのなんだのって言い合いをして、最後は結局、私が負けてベッドで寝ることに。

　だから、今日こそは朝陽にベッドで寝てもらうんだから!!

　朝陽はベッドにある布団をめくって指さすけど、私は首を横に振る。

「朝陽がベッドで寝て!!」

「なんでだよ。あ、さては照れてんだな？　だからベッドで寝れねーんだろ？」

「なっ！　ち、違うし!!」

「じゃーベッドで寝れるな!」

　う……。

　な、なんでそうなるの……。

　朝陽はニヤリ、と笑う。

　完全に勝った、という表情だ。

「わ、わかったよ……」

　これ以上、言い返せないと思った私は、観念してベッドにもぐり込む。

　ああ、今日も負けてしまった。私はいつになったら朝陽に口で勝てるんだろ。なんか悔しい。

　それより……。

「あ、朝陽、顔が近くないですか?」

　ベッドにもぐり込んだはいいけれど、朝陽はなかなか離れてくれない。

　──ドキン、ドキン……。

「べつに」

　私は恥ずかしくなって布団を頭までかぶった。

　このドキドキは……恋、なのかな。

　まだ恋は知らないから、このドキドキの正体はわからない。

　だって、私と朝帰の間には"約束"があって、それを果たすために、一緒に暮らしているようなものだから。

　もちろん、私はうれしいけど、朝陽はどう思っているんだろ……。

　悶々と考えていると、朝陽が離れていくのがわかった。

　私はそっと布団から顔を出す。

　最近、抱きしめられたりと、やたらとスキンシップが多くなってる気がする。

　そして、甘くなってるような……。

「私はもう寝る。おやすみなさい！」

　今日は入学式だけだったはずなのに、溜まり場に行ったことで、身体的にも精神的にもかなり疲れが溜まっている。

　帰りの車の中でも、ウトウトして危うく寝てしまうところだった。

　ああ、お願いだからこれ以上話しかけてこないで。

　朝陽にドキドキするなんて、私は重症かもしれない。

　なんでドキドキするかはわからない。

　毎日一緒にいるはずなのに、夜になるとやけにドキドキが増す。

　私は再び布団を頭までかぶる。

　そして……。

「おやすみ」

　布団越しでもわかる、朝陽の甘い声が聞こえた。囁くような、優しく包み込むような。

　そんな声だった。

　私はもう一度そっと朝陽を見て、目線を上げる。するとバチッと視線が合う。

　——ドッドッドッ……。

　ひゃぁぁ！

　さっきから、なんでそんな目で私を見るの。ドキドキが

止まらないよ!!

　これじゃあ、私の心臓はいくつあっても足りないよ。

「今日はありがとな」

「えっ……んっ」

　朝陽は私を見てそう言うと、再び私に顔を近づけ……。

　次の瞬間、頬に朝陽の唇が当たった。

「あ、さひ……？」

「おやすみ」

　朝陽の名前を呼ぶけど、そのまま顔が離れて布団をかけ直してくれた。

　優しくて、とろけそうで。

　私は……キスされた頬に手を当てる。朝陽はどうしたんだろう。……朝陽の行動が読めないよ。

　私に甘い……。今日はまた格別。なんで朝陽が『ありがとう』なんて言ったのかはわからないけど……。

「おやすみなさい」

　私は小さくつぶやくと、だいぶ疲れが溜まっていたのかすぐに意識を手放した。

　そして、幸せな気持ちに満たされながら眠りについた。

守りたいもの

【朝陽side】

「おやすみなさい」

　小さくつぶやき、そのあとはスースーと規則正しい寝息を立てて眠りについた心美。

　俺はその美しい寝顔を見るため、優しく頬を撫でた。

　その時、ん、と声を上げるからドキッとしたけど、目を開けることなくまた寝息を立て始めた。

「……っぶねー、危うく理性が飛ぶとこだった……」

　心美に迂闊に近づかないほうがいいな。

　そう思って俺は心美から離れてドカッと床に座る。

　はー……心美と毎日暮らせるなんて、俺はとんでもない幸せもんだな。

　あの日……心美を助けてよかった。

　心から、そう思った。

　もう一度、心美を見る。変装を解いた心美は、とても美しくてかわいい。

　きっと、誰もが見とれるだろう。

　ぱっちりとした二重まぶたに、透き通った肌。きれいな栗色の髪は染めていない地毛。

　ピンク色の唇は、少し厚めで色気たっぷりだ。

　変装させて正解だな。

　俺と心美が通っている学校は、不良やヤンキーが集まる

学校。

　入学前、生徒の大半がどこかの暴走族に所属していて、みんな敵……みたいな感じだと聞いたことがある。

　そんな危険な学校に心美と行くのは心配だったが、同じクラスで、しかもSkyblueの仲間もみんな一緒だったので、それが不幸中の幸い。

　そこは、安心して大丈夫。

　だけど。俺は変装できないので、かなり目立つ。

　しかも暴走族の総長をやっているもんだから、毎日危険と隣り合わせ。

　正直、心美と一緒に住むのはどうかと思っていたけど、過去の話を聞いてほっとけなかった。

　こんな……俺の大事な心美を傷つけた人が許せない。

　今度は俺が心美を守る。

　そして……いつかはSkyblueの"姫"として迎えたい。俺は昔の約束とはべつに……一生をかけて心美を守ると決めたんだ。

　もう心美を、ひとりになんてさせない。

「心美……好きだ」

　眠っている心美に向かって、想いを伝える。

　だけど、その声は部屋に響くだけで心美には届かない。

　こんな変わった俺を受け入れてくれた心美。

　いつまでも優しくて……。

　最高の幼なじみだ。

　だけど俺は幼なじみで終わらせたくない。心美、これか

らは"覚悟"しとけよ。

　以前、心美に言ったことを、心の中でもう一度つぶやく。

　そして……。

　再び心美の頬にキスをした。

　理性が飛ばないように必死で我慢しているんだから、これくらいはいいよな？

　もう少し……俺に甘えろよ。

　強がらないで、素直に。

　俺も強くなるから。

　心美に堂々と"好き"って言いたい。

　その時まで……我慢できるだろうか。

　いや、我慢する。心美に嫌われたくないからな。Skyblueのことも、ちゃんとしないと。

　──プルル、プルル……。

　ぼーっと心美を見ていると、スマホが震えた。

　俺はスマホを取り出し、画面を確認する。電話は冬馬からだった。

「もしもし」

《俺だ。ちょっと報告があって電話したけど、今、大丈夫か？》

「ああ」

　冬馬がこんな時間に電話してくるなんて珍しいな。今日の報告会ではいつもと変わらなかったが、何かあったのか？

　心美を起こさないよう小声で話す。

　冬馬にも心美と一緒に住んでいることは言っていない。だから、バレたら面倒なことになる。

《悪い報告がある》

「悪い報告？　早く話してくれ」

　痺れを切らして冬馬に先を急かした。悪い報告なら、みんなに連絡しなければならない。

　やけに真剣な冬馬の声。

　嫌な予感がして、胸の奥がザワザワと騒がしい。

《ここ最近、cheaterは、活動とか動きが少なかっただろ？》

　『cheater』と聞いて、ピクリと反応する。

　その名前は聞き覚えがありすぎてまたか、とため息をこぼしそうになる。

　"cheater" は、このあたりでも有名な暴走族の名前。有名な理由が……史上最悪な暴走族と言われているから。

　ケンカは日常茶飯事。女や子どもにまで手を出すくらい容赦ない。ヤクザとも繋がりがある……との噂もある。

　それはそれはやりたい放題の族で、いつかは潰さなきゃいけないと前から目をつけていた。

　奴らの情報が出回って、心美を助けた繁華街で活動している、という噂を聞いた。

　あの日、俺はその見回りも兼ねてあの繁華街にいた。そして、偶然にも心美を助けた。

　おそらく心美に目をつけた不良はcheaterの下っ端どもだろう、と予測している。

　あの日は心美を助けることしか頭になかったので、あまり覚えていなかったけど、よくよく考えてみると、どこかで見たことのある連中だった。

　cheaterに目をつけられると、たぶん無事ではすまないだろう。

　心美が危ない。

　その対策も兼ねて心美と一緒に暮らすことを提案して、変装までしてもらっている始末だ。

　少しかわいそうな気もするが、今はこれが精一杯の対策。

「……ああ。でも、それがどうした？」

　その情報なら俺も知っている。だから、余計にまわりを警戒しているつもりだ。

　心美が危険な目に遭わないためにも。

《……お前が藤原さんと一緒にいたのを見た、という噂がcheaterの中で回ってるらしい。そのことを利用してお前を潰そうと計画を立てているっぽいぞ》

　その言葉を聞いてドキッと心臓が跳ねる。

　あれほど警戒していたのに、cheaterはもうそこまで嗅ぎつけたのか？

　でも、俺と一緒に住んでいることはまだ知られていないいっぽいな。

「それは、どこ情報だ？」

《琉貴だ。アイツがこの前、繁華街に忍び込んで話を偶然聞いたらしい。お前が見回りに行ったあとだ。これは間違いないぞ》

「はぁ……なんてこった」

　いや、まぁ、心美を助けた時点で、奴らは察していただろう。たぶん、あの時のことだな。

《それを琉貴は報告会で言うのを忘れてて、さっき慌てて電話してきたんだよ。ったく、アイツはしっかりしてるように見えてどこか抜けてんだよな》

　電話越しに冬馬がため息をついているのを聞きながら、頭の中で情報を整理する。

「わかった。わりーな。わざわざ電話させて」

《べつに。"姫"候補だろ？　藤原さんって》

「……なんでそれを今聞く」

　冬馬に図星をつかれて言葉が詰まった。けど、できるだけ平静を装う。

　まぁ、でも冬馬にも彼女いるし。恋愛経験値は俺よりも上だ。

　とはいえ、くそ恥ずかしい。

「……そうだよ。悪いか」

《ははっ。認めたな。幼なじみの話は前から聞かされていたけどイメージとは全然違うんだな》

　ケラケラと笑い飛ばす。

　俺は観念して、ため息をついた。

「まぁな。久しぶりに会ったし。顔も変わるわ」

　だけど俺は知っている。

　心美は昔からかわいくて美人。それが、高校生になった今ではさらに磨きがかかっていて、言葉では言い尽くせな

いほどだ。

　……本人は、自分の美貌に気づいていないみたいだが。

　だけど、そのことは俺だけが知っていればいい。

　Skyblueのみんなにも内緒にして、心美をひとりじめしたい。

　俺は、なんて独占欲むき出しなんだろうか。

《とりあえず、頑張れ。俺は藤原さん気に入ったから。あとはみんなの出方次第だな。それと、振られないように頑張れよ。じゃーな》

　言いたいことだけ言って、プツリと電話が切れた。

　……なんなんだ、アイツは。人の恋をおもしろがりやがって。

「誰が振られるかっつーの。アホ」

　切れた電話に向かってつぶやく。

　俺は、心美を手放さないって決めた。

「心美……。早く俺を好きになれ」

　願いを込めて、もう一度頬にキスを落とす。

　その幸せそうな寝顔を見てから、俺はこれからの対策を練るためにみんなへメッセージを送った。

新しい友達

　──キーンコーンカーンコーン……。

　今日の午前中の授業が終わり、チャイムが鳴り響く。日直が号令をかけた途端、騒がしくなる教室。

　とはいっても、登校している生徒は教室の半分ほどしかいなくてガラガラ。

　不良校だとは聞いていたけど、ここまでとは思ってもみなかった。

　朝陽から聞けば、生徒のほとんどがどこかの暴走族に所属しているとか。

　聞いた時は、びっくりしすぎて何も言えなかったな。

　入学して約１ヶ月。

　学校生活にも、だいぶ慣れた。最初は女友達ができるか心配だったけど、その必要はなかったらしい。

　なぜなら、

「心美ちゃーん！　一緒に冬馬のとこに行こっ！」

　ちゃんと、かわいい友達ができたのだ。

　彼女は木下桃菜ちゃん。桃菜ちゃんは、なんと小川くんの彼女なんだって。

　小川くんに紹介され、意気投合して仲良くなった。桃菜ちゃんは優しくて、かわいくて守りたくなるような女の子。

　ふわふわした黒髪が特徴的で、ぱっちりしたくりくりお目々。

　どこにでもいるような平凡（へいぼん）な私とは正反対だけど、見た目も気にせず仲良くしてくれて、ほんと私の心のよりどころになっている。

　なんでこの天野学園に来たのか聞いてみたんだけど、小川くんと一緒にいたかったからだって。

　それを聞いた時は、もうかわいくてかわいくて、思わず抱きしめちゃった。

「うん。準備するから待ってて！」

　私は笑顔で頷くと、カバンの中からコンビニで買ったおにぎりとペットボトルのお茶を取り出す。

　お弁当を作って節約しようかと思ったんだけど、朝陽がコンビニで毎日のようにお昼を奢（おご）ってくれる。

　申し訳ないなと思いながらも欲望に勝てず、おにぎりだけを買ってもらうようにしていた。

　おかげで、食費はだいぶ浮いている。

「じゃ、行こっか」

「うん」

　私と桃菜ちゃんは並んで教室を出る。その時、クラスの女子たちからの視線を感じたけど、桃菜ちゃんと他愛もない話をして、気にしないようにした。

　朝陽たちは授業には出ず、屋上で暇を潰している。必要最低限の出席日数を満たせばいい、と言っていた。

　あとは、テストで上位を取る。

　せっかくみんな同じクラスなのにほとんど教室にいない、なんかもったいない気がする。だけど、お昼だけは朝

陽たちと一緒に過ごすことになっていた。

　みんなと過ごすことでだいぶ性格なんかがわかってき
て、仲良くなりつつある今日このごろ。

　高校生活で、こんなに友達ができるなんて思わなかった。

　これも全部、朝陽のおかげかな。

　ニヤニヤと頬が緩んで仕方ない。

「心美ちゃん？　どうかした？」

　すると、隣を歩いていた桃菜ちゃんが私の異常に気づい
たのか、心配そうに顔を覗き込んでくる。

「な、なんでもないよ。それよりも早く行こう？」

　朝陽のことを考えていた、なんて恥ずかしくて言えない
よ。私は桃菜ちゃんの腕を引っ張って、屋上へと続く階段
を駆け上がった。

「あ、心美ちゃんー。あんま引っ張んないでー」

　桃菜ちゃんの声を聞きながら最後の階段を上りきり、ド
アを開ける。

　すると、サァ……と風が吹き抜けた。

　気温もポカポカと暖かくなり、過ごしやすくなってきた。

　今日も雲ひとつない青空が広がっていて、太陽が眩しい。

「あ、冬馬ー！　やっほー」

　屋上の真ん中で座っている小川くんたちを見つけて、そ
の集団に駆け寄る桃菜ちゃん。

　かわいいなぁ。

　その後ろ姿を見てそんなことを思う。

「心美、早くこっち来いよ。そんなところに突っ立ってねぇ

で」

「うんっ」

　桃菜ちゃんの姿を見ていたら、朝陽に声をかけられてうれしくなった私は勢いよく頷いて隣に座った。

　私を見て朝陽はニカッと笑う。

　その笑顔に、ドキッと胸が跳ねた。

　……そんな笑顔で見つめられると、ドキドキが止まらないよ。

　同居生活には慣れたけど、朝陽のそのイケメンで眩しい笑顔には……まだ慣れない。

　勝手に赤くなっているだろう頬を隠すように、コンビニのおにぎりを頬張った。

「ねぇ、前から思ってたんだけどさ」

　もそもそとおにぎりを頬張っていると、渉くんが話しかけてくる。おにぎりをごくん、と飲み込んで顔を上げると、渉くんはニヤニヤと笑っていた。

　なんだろうと思い、お茶のペットボトルに手を伸ばす。

　すると——。

「心美ちゃんって、朝陽くんのこと、好きなの？」

「……んぐっ、げほ、げほっ」

「あー、それは私も気になってた！」

　お茶を飲んでいた時にとんでもない質問が飛び出てきたから、噴き出してしまった。

　噴き出してしまったお茶が……隣にいた朝陽にぶっかかってしまったではないか。

　朝陽をそーっと見ると、ポタポタとお茶を滴らせて呆然と私を見ている。

　睨むわけでもなく、ただ驚いたように私を見ている。

　不幸中の幸い、と言うべきか朝陽はジャケットを脱いでいてブラウスを袖まくりしていたので被害にあったのはブラウスとネクタイ。

　ピンク色の頭は何事もなかったかのように、サワサワと風に揺れていた。

　さっきまで熱かった頬が、サーっと青ざめていくのがわかる。

　頬が引きつって、上手く口が動かせない……。

　たぶん朝陽は怒らないんだろうけど……なんか怖い。

「朝陽……ご、ごめんっ。渉くんの質問にびっくりしたせいで……。制服びしょびしょ。ちょっと待ってて！」

　はっと我に返り、お茶を噴き出したのを渉くんのせいにしたあと、私はハンカチを手に慌てて立ち上がる。

　まわりのみんなはシン、と静まり返っていて、さらに焦りが増してくる。

「あはは！　朝陽、お茶ぶっかけられてやんの！　あはは！」

「やべー。藤原さん、やっぱおもしろいわ。ナイスだな」

　立ち上がって慌てている私を見て、みんなが一斉に笑い出す。

　ポカーンとしながらみんなを見ていると、朝陽に腕を掴まれた。

「朝陽……ごめんなさい」

「俺は大丈夫だ。心美は悪くない。悪いのは渉だ」

　私からハンカチを受け取り、ぽんぽんと軽く押さえながらお茶を拭いていく。伏見くんや遠藤くんはまだ笑っていて、お腹をかかえてヒーヒー言っていた。

　……何もそこまで笑わなくても。

　そんなふうにされたら私、落ち込むよ。

　慰めてもらおうと桃菜ちゃんを見てみる。だけど、彼女も同じように笑っていた。

「桃菜ちゃんまで！　もう、みんな笑わないでよね！」

「だってー。質問にビビりすぎなんだもん」

「そうだぞー。僕だって普通に聞いただけなのに心美ちゃんが大げさにお茶を噴き出すからー」

　……元凶は渉くんでしょ。

　それなのに、渉くんはなんで一緒に笑ってるわけ？

　その意味も込めて渉くんを睨む。

「大丈夫だ。これくらいならすぐ乾く。渉、あんま調子に乗んなよ」

「へいへい」

「……」

　朝陽が注意したけど、反省の色はまったくなし。この人、ほんとに適当だな。

　はぁ、とため息をついて、また朝陽の隣に腰を下ろす。笑っていたメンバーもいつの間にか昼ご飯を食べていて、すでに興味を失っているようだった。

「……ところでさっきの質問に答えてよ」

　私がペットボトルの蓋を閉めていると、渉くんは前のめりに聞いてくる。

　その質問のせいで私は恥をかいたんだよ。

　ちょっとは反省しろ！

　心の中で突っ込み、半分呆れながらも、

「朝陽は好きとかじゃないよ。そりゃ、幼なじみとして好きだけどさ。それは恋愛としての好きじゃないから」

　口を開いて質問に答えた。

　私のこの気持ちは、恋なのかもしれない。でも、私と朝陽の間には、あの"約束"がある。

　この気持ちに自信がなくても、私はそれだけで朝陽とつながっているような気がした。

　そう自分に言い聞かせても、ズキズキ痛む胸。だけど、それには気づかないフリをした。

「なんだー。残念」

「なんで渉くんが残念がるわけ？」

「だって。心美ちゃんがそうじゃなくても、朝陽くんのほうは——んぐっ！」

　そこまで言いかけて言葉は途切れた。

「おい、渉。あまり余計なこと言うなよ。朝陽から殴られるぞ」

　渉くんの言葉を遮ったのは、伏見くん。

　伏見くんの目を見ると、誰かを殺してしまいそうなほど殺気立っていて怖い。

　渉くんの首筋に一撃を与えて、黙らせていた。

　……暴走族の人って、まともに会話できる人が少ないのかな。

　変なこと聞いてきたり、一撃与えたり。

　ほんと、気が休まらないよ。あはは……。

「……はぁ。心美、悪かったな。渉が変なこと聞いて」

「え、あ、べつに。朝陽こそ大丈夫なの？」

「何が？」

「……なんでもないです」

　自分が聞いたくせに答えを聞くのが怖くて、言葉をのみ込んだ。

　渉くんの言葉を遮ったってことは、……朝陽は好きな人がいるのかな。

　だとしたら、私とのあの"約束"って、朝陽にとってなんなんだろう。

　って、そんなこと私には関係ないじゃん。

　何ガッカリしてんのよ。

　思わず、ため息をつく。ふと視線を感じて顔を上げると、バチッと朝陽と視線が合った。

　──ドキッ。

　また、この視線……。

　なんだか恥ずかしくなってパッと目をそらすと、今度は私を見てニヤニヤと笑う桃菜ちゃんと目が合った。

　──キーンコーンカーンコーン……。

　そうこうしていると、午後からの授業が始まる予鈴が鳴

り響く。

　私は慌ててコンビニのレジ袋を掴むと、桃菜ちゃんを
引っ張って屋上を出ようとする。

「じ、じゃあね！　みんな。また！」

「え？　心美ちゃん？　そんな急がなくてもー！」

　桃菜ちゃんの声が後ろから聞こえたけど、そんなの気に
してられない。今はとにかく朝陽から離れたかった。

「……というか、こんな顔、朝陽に見せられないよ」

「なんか言った？」

「なんでもない！」

　真っ赤に染まった顔を冷ますように、廊下を走って教室
に戻った。

「はぁー……私……どうしたんだろ……」

　学校が終わり家に帰ってきた私は、夕飯を作りながら今
日の昼休みのことを思い出していた。

　今、家に朝陽はいない。

　今日はSkyblueの集まりがあるから先に帰ってて、と言
われたので速攻で家に帰り、何も考えたくなかったので早
めに夕飯を作ることにした。

　夕飯を作っている間も、考えるのは朝陽のことばかり。

　渉くんからあんな質問が飛び出るとは思わなかったか
ら、思いっきり動揺してしまった。

　なんで動揺したのかはわかんない。

　好きとか嫌いとか、そんな感情を朝陽には抱いたことが

なかったから。

　そもそも初恋がまだな私は、好きという気持ちがわからない。

　ドキドキとかはするけど、どこから恋と呼んでいいのかもわからない私の気持ちは……はっきりしないまま。

　それに、朝陽と交わした"約束"のせいで、私との関係を縛っているように感じる。

　もし、この気持ちが恋だとしても、私はきっと告白できないだろうな。

　そんなことを考えながら夕飯の支度をしていると、いつの間にか料理に集中していた。

「ただいま」

　味噌汁の味見をしていると、朝陽が帰ってきた。

　私は火を消して玄関に駆け寄る。

　パタパタとスリッパの乾いた音が響く。

「朝陽、おかえり。今日の集まりはどうだった？」

「とくに変わったことはないな」

「そっか。ならよかった。もうお夕飯できたけど食べる？」

　朝陽の返事に安心しながら、時計をチラッと見る。

　時刻は午後7時すぎを指していた。

　夕飯には、ちょうどいい時間だろう。

「うーん。それより、心美こっち来て？」

　玄関から動かない朝陽を不思議に思いながら近づく。ちょいちょいと手招きされたら、私は朝陽の操り人形のように、もう逆らうことができない。

　そろりそろりと朝陽に近づくと……。

　──ぎゅ。

　そのまま抱きしめられた。またもや突然の行動を避けきれなかった私は、そのまま朝陽の腕の中。

　頭の中が真っ白になるけど、顔は正直でどんどん体温が上がっていく。

　……私、朝陽に……抱きしめられてる。

　トクトク……と心臓が心地よくリズムを刻む。耳をすませると、朝陽の心臓も同じようにリズムを刻んでいた。

「朝陽……」

「ずっと我慢してたんだけどな……」

　この前、抱きしめられたけど、今の朝陽のほうが余裕がないように見える。

　どうしたんだろう……。

　朝陽のぬくもりを感じながら、つぶやかれた言葉に驚く。

「え、朝陽、今まで我慢してたの？」

「当たり前だろ。まぁ、今まで我慢できなくて抱きしめたことは何回かあるけどな。それでも我慢したほうだぞ」

「……」

　我慢してたって言うけど、朝陽の言うとおり同居した時から結構スキンシップは多かった気がする。

　おでことか、ほっぺにキスしたり、抱きしめたり、布団の中に潜ってきたり。

　あ、ダメだ。

　思い出しただけでも赤面する。ただでさえ熱い顔がさら

に熱くなって、どうしようもなくなった。

　恥ずかしさもあるけど、朝陽のぬくもりに安心して顔を
うずめる。

　朝陽の腕の中にいると、落ちつくんだ。

「朝陽、我慢してたって言うけど……他に好きな人がいる
んじゃないの？」

「……は？　なんでそうなる」

「だって」

　お昼、意味ありげに渉くん言ってたもん。

　私以外に好きな人いるんじゃないかって。

　……私、以外？

　待って……こんな時に気づきたくなかった。朝陽に抱き
しめられて、ようやく気づいたこの気持ち……。

　こんな時に気づくもんなの……？

「……うっ、ひっく……」

　私、朝陽を好きになったんだ。

　ずっと"約束"だと誤魔化してきたけど、自分の気持ち
を隠しきれなくなった。

　朝陽の隣にいるだけで安心する。キミのひとつひとつの
仕草にドキドキする。

　ずっと私は、朝陽に恋してたんだ。

　この気持ちは……全部朝陽に恋して知った気持ちなん
だ。

「なんで泣いている？　俺は一言も他に好きな人がいるっ
て言ってない」

「うー……朝陽、ほんとに好きな人いないの？」

　私をなだめるように、何度も頭を撫でてくれる。その大きな手が気持ちよくて、涙も止まった。

「心美には秘密。……またちゃんと教えてやる。だけど今は、まだ内緒な」

　いたずらっぽく言い放つと、いったん私を離してから、ゆっくりと顔を近づける。

　そして。

　──ちゅ。

　リップ音があたりに響いた。

　私は反射的に目をつむり、その瞬間を受け止める。朝陽の唇が……私のそれに当たった。

　優しくて、唇を包み込んでくれるようなキス。さっき好きな人のことは秘密だって言ったくせに。

　こんなことするなんて、勘違いしちゃうじゃない。

　だけど逃げる気はサラサラなかった私は、そのままキスを受け入れた。

　私にとって……初めてのキス。

　これが私の……ファーストキスになるなんて。

　夢みたい。

　頭の中がふわふわする。

　1回だけでなく、何度も、何度もキスが落とされる。

　キスはするたび深くなっていき、私は朝陽に溺れそうになった。

「ふぁ、あ、さひ……。……んっ」

　そのキスを最後に、朝陽は私からそっと離れた。

　ぼーっとする頭で、私は朝陽を見る。

「……はぁ。よし。メシ食うか」

「……」

　キスが終わると朝陽はにっこり笑い、私の頭をぽんぽん
と撫でる。

　そのあと、私の横を通りすぎて部屋に上がった。

　だけど私は動くことができず、放心状態で玄関で突っ
立ったまま。

　……今のは、なんだったの？

　同居する幼なじみにキスしといて……このテンションの
差は何？

　まだぬくもりが残っている唇を指でなぞる。

　……ああ、そっか。

　私にとってはファーストキスでも、朝陽にはなんてこと
のないキスなんだ。

　そう思ったらなんだか悲しくて。

　自分の気持ちに気づいた大事な瞬間なのに。

　こんな、こんな……朝陽のバカッ！

　キスするなら最後まで責任とってよね。私が虚しくなる
だけじゃん。

　だけど……。

「そうだね。温めるから朝陽も手伝って！」

　あえて明るく振る舞った。

　たとえこの恋が無謀だとしても、私は朝陽を好きなまま

でいる。

「今日の夕飯なに？」

「今日はカレーだよ」

「やった！」

　この気持ちは私だけが知っていればいい。

　ずっとそばにいるんだったら、幼なじみで、ただの同居人の関係のままのほうがいい。

　あの"約束"が果たせなくても。

　そう。まだ気持ちは伝えないほうがいい。

　朝陽、ありがとう。

　……朝陽は私の大好きな人になりました。

　自分の気持ちに気づいた夜、私はそのまま朝陽と一緒に夕飯を食べたのだった。

特等席で

「えーっ！ 朝陽くん、最低じゃん！ 心美ちゃんはこの
ままでいいの!?」

「うん。……って、桃菜ちゃん、声大きいよ……」

「いーじゃん。ここは裏庭だし、ほとんど人が来ないんだ
から」

　朝陽への気持ちに気づいて1週間がたった。

　あれからとくになんの進展もなく、毎日を過ごしている。

　キスをしたこともなかったかのように時間だけがすぎて
いき、気づいたら1週間がたっていた。

　気まずくなるとかそういったことはないんだけど……日
に日に私の好き、の気持ちは膨らんでいくばかり。

　今はお昼休み。

　ほんとなら朝陽たちとお昼ご飯を食べているところなん
だけど、キスのことを桃菜ちゃんに話したかったので、今
日はパスした。

　誰にも言わないって決めたのに、話してしまった。

　私の気持ちにも限界がある。このまま普通に一緒に暮ら
すなんてできそうになかった。

　もちろん、朝陽と一緒に住んでいることは伏せて話した。

　下がってきたメガネを上げながら、恋愛経験豊富な桃菜
ちゃんに話してアドバイスを貰おうと思ったのに……。

「心美ちゃん！ なんでキスを軽々しく受け入れたの！

そりゃ、心美ちゃんが朝陽くんのことが好きなんだっていうのは気づいてたけど！」

　私が話したら、朝陽に腹が立ったのか叫んでいる。

　私はエキサイトする桃菜ちゃんを見ながら、彼女の話に耳を傾けた。

「それで……相談なんだけど、どうしたらいいと思う？」

「どうしたらって……気持ち、朝陽くんに伝えないの？」

「伝えたいのはやまやまなんだけど……」

　一緒に住んでるし、もし私が振られたら一生立ち直れない。

　朝陽とも一緒に住めなくなっちゃう。大人になってもずっと一緒にいるって約束したのに、また離れるのだけは絶対に嫌。

　自分でもどうしたらいいかわからないから、桃菜ちゃんに相談しているんだけど……。

「ううー……桃菜ちゃんー。どうしたらいい？」

　情けないとわかっていても、恋愛経験がない私にはどうすることもできない。

　好きな人は『秘密』と言われたけど、なんで私にキスしたのかはわからない。

　もしかしたら、好きな人は私かもしれない、と一瞬思ったけど、すぐにその考えは打ち消した。

　だって……そんなことを考えるなんて自意識過剰すぎない？

　初めてなんだよ。

　朝陽が、全部。

「心美ちゃん……」

　私がうなだれていると、よしよしと頭を撫でてくれる。朝陽とは違って小さくて柔らかな手。だけど、私を安心させてくれる。

　私、いい友達を持ったな……。

「じゃあ、暴走の日に告白してみたら?」

　暴走の日……?

　ボソリとつぶやいた桃菜ちゃんの声に反応する。暴走の日って?

「あれ?　朝陽くんから聞いてない?」

「う、うん……。暴走の日って何するの?」

　Skyblueの溜まり場には、入学式の日以降行っていない。

　あそこに行くと危ないからって、朝陽に止められていた。

　そのせいか、朝陽から暴走族の話はあまり聞かされていない。

　そんな情報は知らなかった。

「暴走の日っていうのはね、暴走族がバイクに乗って、みんなで街中を暴走するんだよ。もちろん朝陽くんもバイクに乗るよ」

「え、朝陽がバイクに!?」

　朝陽がバイクに乗ったところを見たことがないので、素直に驚く。

　バイクの免許は無事に取れたみたいだけど、いつも赤座さんのリムジンに乗って溜まり場に行ってるから、想像が

できないよ。

「そうだよ。総長だからね。朝陽くんのバイク見たんだけど、かっこいいんだよー！　ま、冬馬も負けてないけどね」

にしし……とかわいく笑う桃菜ちゃんの頬は、少し赤く染まっている。

……桃菜ちゃんは、ちゃんと小川くんに恋していてすごいな。

「桃菜ちゃんも暴走に参加するの？　そもそも女子も参加できるの？」

「もちろん。彼女連れて走っている人、結構いるよ」

そうなんだ……。

どんな感じだろう、と少し想像してみる。

「ねぇ、朝陽くんに頼んで参加させてもらいなよ。それでそのままの勢いで告白しちゃえ！　きれいな夜景とバイクをバックに告白なんてロマンチックじゃん！」

こ、告白!?

無理無理！　朝陽に告白なんて無理！

うっとり話している桃菜ちゃんの横で、私の頭はパンク寸前。

『告白』という言葉を聞くだけで赤面だよ。

告白とか暴走とか、いろいろ聞いたせいで情報処理が追いつかない。

「それに、総長のバイクの後ろに乗れたら、姫になる確率がぐんと上がるんだよ」

コソッと耳打ちするように、小さな声で教えてくれた。

……どういう意味？

「それって……」

「総長のバイクの後ろにはね、彼女か大事な人しか乗せないっていう決まりがあるの」

彼女……って、えええぇ！

そ、そんな決まりがあるの!?

一気にバクバクと心臓が暴れる。

ど、どうしよう。朝陽に想いを伝えてもいいのかな。

「朝陽くんにお願いしなよ！　私も全力で応援するから！」

「うん。頑張る！」

桃菜ちゃんにそう言われて思わず頷いた。

もしかしたら……朝陽に想いを伝えることができるかもしれない。

このまま気持ちを隠し続けるのも辛いから、少し頑張ってみようかな。

「あははっ。その調子！　楽しみだね、暴走！　久しぶりだからワクワクする！」

キラキラと目を輝かせて語る桃菜ちゃんを見て、私も気合いを入れた。

それから数日後。

梅雨に突入する前のジメジメとした気温が続き、髪の毛も湿気で毎日のお手入れが大変。

毎日変装するのも大変だな。

髪も毎日黒く染めなきゃいけないし、メガネも慣れてき

たんだけど、違和感がまだぬぐえない……。

「心美、そろそろ行くぞ！」

「あ、うん！」

　朝陽に声をかけられたので、急いでメガネをかけてショルダーバッグに持ち物を詰め込んで家を出る。

「忘れ物はないな？」

「ないよ。そんな子ども扱いしなくても」

　イジワルく言う朝陽は、今日もイケメン。ピンクの頭が太陽に照らされてキラキラと光っている。

　湿気にも負けないその髪、私に分けてほしいよ。

「ははっ。だって、まさか心美から暴走に参加したいって言うと思わなかったな。木下の奴、余計なこと話してないだろうな」

「……そんなこと言ったら桃菜ちゃんに失礼でしょ。私の大事な友達、傷つけないでよね！」

　そう、今日は待ちに待った暴走の日。

　私は初めて朝陽のバイクに乗れるんだ。ダメ元で頼んでみたら案外あっさりと受け入れてくれて、後ろに乗ってもいいと言われた。

　それを聞いた瞬間、ドキドキしたっけ。

　毎日一緒に暮らして朝陽の優しさに触れていくうちに、もっと……キミに触れてほしいと思ってしまう。

　人って、恋すると欲張りになっちゃうんだね。

「はいはい。わかってるよ。心美は優しいもんな」

「もー」

　怒っている私をからかうように笑うと、ぽんぽんと頭を撫でる朝陽。

　それが心地よくて、目をつむってそのぬくもりを感じていた。

「あ、そうだ。バイク乗るだろ？　ヘルメットかぶる時、メガネは邪魔だから取って乗れよ」

「え、いいの？　メガネ外して大丈夫？」

　みんなの前では、まだメガネを外したことがないので不安だ。

　メガネを外したら美少女……なんてことはよく聞く話だけど、私はそんなことがないから、メガネなしには少し抵抗がある。

　それに……朝陽に告白するんだから、メガネで顔を隠したいって気持ちもある。

「それは大丈夫だ。乗る前に外すから。きっとみんなに見られない」

「そっか。あのさ、私のお願い聞いてくれる？」

「ん？　なんだ？」

　やばい、ドキドキしすぎて死にそう。まともに朝陽の顔見れないよ……。

「暴走する道に展望台があるって、桃菜ちゃんに聞いたんだけど……そこに寄ってほしい」

「……わかった」

　何かを察したらしい朝陽は、私を見たあとそうつぶやくように言う。

　なんでと聞かれるかと思ったけど、そうでなくてほっと胸を撫でおろす。

　よかった。

　だって、その展望台で告白しようと思ってたから。

「ありがとう」

「ん。じゃ、行くか。行きはリムジンで行くぞ。バイクはあの溜まり場に置いてある」

「わあ、楽しみー！　どんなバイクに乗るのか全然想像できないな」

　朝陽はバイクが好きじゃないって言ってたから、今日が私の初バイクだ。

　ちなみに桃菜ちゃんは何回も小川くんのバイクに乗ったことがあるらしい。

　なぜか、自慢げに話された記憶がある。

「お、ちょうど来たみたいだな。乗るか」

「うん」

　朝陽にエスコートされてリムジンに乗り込む。ドキドキしながら、赤座さんにぺこりとお辞儀をした。

　そして、リムジンは走り出した。

「ついたぞ」

「ふー。リムジンに乗ったのは２回目だけど——まだまだ慣れない……」

　倉庫前にリムジンは停車し、私と朝陽は車から降りる。

　お金持ちの家の人が考えてることって、よくわからない。

わざわざこんな高いリムジンにではなく、普通の車に乗れ
ばいいのにと思う反面、少し羨ましかった。

　だって朝陽には厳しくても優しい両親がいて、お金にも
困らなくて、友達もたくさんいる。

　私には持っていないものを、たくさん持っている。

「そうか？　まぁ、そのうち慣れるだろ」

　私はチラッと朝陽を見る。その顔は……なんだか寂しそ
うに見えた。

　どうしたんだろう……。

　声をかけようか迷ったけど、結局かけずに、そのあとは
何もしないで中へ入った。そして、みんなに挨拶しながら
部屋のソファに座る。

　それからすぐに、朝陽たちは準備をするため部屋から出
ていった。

　この前と違って今日は桃菜ちゃんも部屋にいて、なんか
変な感じがする。

「心美ちゃん！　こっち！　よかったね、暴走に参加する
ことができて。これで、朝陽くんの特等席はバッチリキー
プだね！」

　隣に座って話していると、桃菜ちゃんが冷やかすように
小声で言ってきた。

　その瞬間、ボンッと音が出そうなほどの勢いで顔が熱く
なる。

「桃菜ちゃんー。あんまからかわないでよー。そんなこと
言う桃菜ちゃんだって、今日はおしゃれしてんじゃん。こ

のこの一」

　私も負けじと言い返してみる。だって今日の桃菜ちゃん
は、すごくかわいくてそっちが気になったから。

　黒くてふわふわした髪の毛は編み込みにされていて、薄
くメイクもしている。

　いつも以上に雰囲気が……色っぽい。

　……って、何を考えてるんだろ、私。

　朝陽に告白するって決めてるせいか、思考回路が変な方
向に進む。

　あぁぁ……早く今日が終わんないかな……。

　気持ちを伝えてダメだったら、無理にでも朝陽との同居
生活をやめよう。私はそこまでメンタルが強くない。

　好きな人に振られるって、どんな気持ちなんだろ。

「心美ちゃん？　どうかした？」

　桃菜ちゃんの声に、はっと我に返る。また考え込んでい
たみたい。

　ダメだなー……。恋愛のことになるとすっごくネガティ
ブになって、全部ダメな方向に考えが向かってしまう。

「なんでもないよ。桃菜ちゃん、かわいいなーと思って」

「そんなことないよ。心美ちゃんだってオシャレしてんじゃ
ん。その花柄のブラウス、とっても似合ってる」

「えへ、ありがとう！」

　服を褒められてうれしくなる。今日は持っている服の中
でも、お気に入りのブラウスを選んでコーデしてみた。

　朝陽に告白するなら、この服を着ていきたいと思ってい

た。

「頑張ってね。私も冬馬と一緒にいられるように頑張るから」

「桃菜ちゃんは毎日小川くんといるでしょー。羨ましいよ」

　応援しているのか嫌味なのかわからない言葉を聞いて、少し心が軽くなる。

「まぁまぁ。心美ちゃん、自信持ってよ。心美ちゃんは絶対にうまくいくから。私が保証する」

　なぜか自信満々に言われて、思わず苦笑いする。

「あはは……どうかな……」

　――コンコン。

　ふたりで話していると、ドアをノックする音がした。

「あ、心美ちゃんと桃菜ちゃん。そろそろ行くよー。ってか、ふたりとも今日はまた一段とかわいいね」

　ふたりで話をしていると部屋のドアが開き、渉くんが顔を覗かせる。

　渉くんは、今日も今日とてチャラさ全開。

　私と桃菜ちゃんは渉くんを見て、顔をしかめる。

「渉くん、相変わらずチャラすぎ。冬馬を少し見習いなさいよね。私、渉くんに褒められてもうれしくないんだから」

「おー、すごい言うじゃん。その毒舌も健在だね。で、心美ちゃんは僕を睨むのやめて？　かわいい顔が台無しだよ？」

「……。桃菜ちゃん行こ」

「そうだね」

　渉くんをスルーして桃菜ちゃんと部屋を出る。渉くんには、いちいち構ってられないよ。

「えー、僕を置いてかないでよー」

　気づいたら渉くんを睨んでいた私は、ほっぺをほぐすように撫で回す。

　……はぁ、朝陽のバイク、楽しみだな。

　渉くんの声を聞きながらそんなことを考えた。

　階段を降りていくと、

「お、心美！　今呼びに行こうと思ってた。渉が呼びに行ったのか？」

　いつもと違った格好で立っていた朝陽を見つけた。

　……う、わぁ……かっこいい……。

「朝陽、その服どうしたの？」

　朝陽の服は学ランのような、でも違うような丈の長い上着に黒のズボンを履いていて、背中には何か文字が刺繍されている。その姿はとてもかっこよくて、思わず見とれてしまった。

　よく見ると、渉くんや小川くん、伏見くんも同じような格好をしている。

「これか？　これは特攻服つって、暴走の日に着る服だ。他のみんなも着てるだろ？」

「うん。とてもかっこいい！　似合ってる！」

　興奮していたせいか、思わずサラリと『かっこいい』と言ってしまった。

　いつもなら、こんなこと絶対に言わないのに。

　そーっと朝陽の顔を見てみると……。

「……っ！」

　顔を赤く染めて私を見ていた。

　な、なんで赤くなるんだろ……。

　その反応を見ていたら、私も顔が熱くなっていく。きっと真っ赤だろう。

「……サンキュー。心美に言われるとなんかうれしい」

「そ、そう？」

　戸惑いながら返事する。私の心臓はバクバクして、今にも倒れそう。

　こんなんで朝陽の後ろに乗れるかな……。

「ほら、そこのふたり。イチャついてないでそろそろ行かないと、みんなを待たせることになるぞ」

　そんな空気の中、中に割って入ってきたのは伏見くん。金髪の髪の毛を揺らしながら、珍しくニヤニヤ笑っている。

　そんな伏見くんも、朝陽と同じ特攻服を着ていた。

「べつにイチャついてねー。心美、行くぞ」

「……はい」

　朝陽は反論すると、私の手をぎゅっと握って外へ出た。

　……ドキドキする私の心臓にも気づかないまま。

迫る闇
せま

「これが朝陽のバイク？」

「そうだ。かっこいいだろ？」

　私は、ひとつのバイクの前に立って尋ねる。

　目の前には大きくて……きれいな緑色のバイクがあった。

　外に出た私たちは、駐車場に来てバイクを見ていた。
ちゅうしゃじょう

　外はすっかり暗くなり、星が瞬いている。

　月も見えて、まさに暴走日和。

　日中も夜も晴れていて、気持ちのいい日だった。

　時刻は、午後九時を回ろうとしているところ。

　チラッと後ろを見ると、小川くんと桃菜ちゃんが楽しそうに話している。

　桃菜ちゃん、よかったね。

「あれ、今日一緒に走るのって幹部のみんなだけ？」

　私は人数が少ないことに気づき、キョロキョロとあたりを見渡す。

「いや、他の奴らも呼んでる。途中で合流する予定だ。心美、メガネ外せ」
と ちゅう

「あ、うん」

　後ろに桃菜ちゃんたちがいるのに……と、ドキドキしながらメガネを外す。

　だけど、このくらい暗かったら私の素顔なんか見えない

よね。

「やっぱ心美はかわいいな……」

「ん？　なんか言った？」

　何か言われたけど、声が小さすぎて聞こえなかった。

「なんでもねーよ。これかぶれ」

「わっ、あんま乱暴しないでよね！」

　朝陽は私の頭の上に乱暴にヘルメットを乗せると、バイクのほうを見る。

　もう、いったいなんなのよ。

　私……なんかした？

「後ろ、乗れるか？」

「うん」

　いよいよだ……。

　ほんとに朝陽のバイクに乗れるんだ。ワクワクする気持ちを押さえる。

　バイクに乗ろうと足を上げるけど……。

「ん？　あれ、の、乗れない……？」

　バイクのシートが高すぎて、身長が低い私は乗れない。

　は、恥ずかしい……。

「……朝陽、笑わないで」

　声を押し殺して笑っている朝陽を睨む。

　笑ってないで助けてよ。

「わりーわりー」

　とか言いながらも、まだ笑っている朝陽。

「もー……」

「悪かったって。ほらよ」

「え、ひゃあ！」

　朝陽は私に近づくと、腰のあたりに手をかけて軽々と持ち上げる。びっくりした私は変な声が出てしまった。

　触られたところが、じんわりと熱くなっていく。

　私、重くなかった!?　大丈夫!?

　頭の中はパニック状態だけど、何も言うことができなかった。

「朝陽！　そろそろ出ないとアイツらと合流できないぞ」

「わかってる。準備できたから俺のあとについてこい」

　朝陽もヘルメットをかぶってバイクにまたがると、ブォンと勢いよくエンジンをかける。

　みんな準備ができたみたいで、1列に並んでいた。

　桃菜ちゃんは小川くんの後ろに乗り、彼に抱きつくようにしっかりと掴まっている。

　……え、私……朝陽に抱きつかなきゃいけないの!?

　そんなのドキドキして死んでしまう！

　でも、掴まらないとバイクから落ちちゃう！

　今さらだけど、そんなことが頭の中で駆け巡る。

「心美、しっかり掴まっとけよ！　じゃねーと振り落とすからな！」

　ふいに、朝陽に注意された。

　今、考えていたことを読まれたように感じて、ビクッと体が反応する。

　ひええ……。

　何この状況、地獄……！

　朝陽に心臓のドキドキが伝わってしまいそうで怖い。だけど……。

　──ぎゅ。

　意を決して私は朝陽に掴まった。

　その瞬間、朝陽の体がビクッと跳ねたけど、私はそんなことを気にしてられない状態。

「よし。そんじゃ、出発！」

　そんなかけ声とともに、走り出したバイク。

　ライトをつけたバイクは、夜道を照らすように走る。

　しばらく走っているとだんだん慣れてきて、景色を楽しめるまでになっていた。

　わぁ！

　夜の景色ってこんなにきれいなんだ！

　倉庫が海岸のところにあるから、必然的に海沿いに走ることになる。

　夜の海はもっと怖いものだと思っていたけど、これはこれで素敵。

　街のほうは、明かりでキラキラと光っていた。右を見れば海、左を見れば街。

　とても贅沢な夜景で、どっちを見てもきれいだった。

　……きれい……。

　お父さんとお母さんにも見てほしかったな……。

　家族で出かけることが多かったので、そんなことを思う。

　いつも、お父さんが運転する車で出かけていたっけ。

　お父さん、お母さん……私のこと、ちゃんと見てくれてるかな。

　私と一緒にいるの、朝陽だよ。

　覚えてる？　私、小学生のころよく話してたよね。

　今は一緒に暮らしててね、私の……大好きな人になったんだよ。

　でも今の朝陽を見たら、お父さんとお母さんはびっくりするかな。

　見た目は不良だけど、優しいのは変わりないからね。

　両親のことを思い出して、じわり、と視界が滲む。

　涙が流れそうになったその時、

「心美！　後ろ見てみろよ」

「……後ろ？」

　まるで、その瞬間を見計らったかのように話しかけてきた朝陽。

　私は必死に朝陽にしがみつきながら、おそるおそる後ろを振り向く。

「わぁ！　きれい！」

　いつの間にかバイクが増えていて、道路を埋めつくしていた。

　ライトがキラキラ光り、前を走っているからこそ楽しめる光景を目の当たりにした。

　初めて見る景色で、みんなは朝陽に続いている。

　さすが暴走族。

　人数が多くても、きちんとまとまっていて各々楽しそう

に走っていた。

　色とりどりのバイクが……道路を照らしている。

「すごいだろ？」

「うん！　すごいきれい！」

　まわりは騒がしいけど、朝陽の声はしっかり聞こえて会話ができた。

「おじさんとおばさん、きっとこの景色見てるよ」

　──ドキッ。

　なんで……私の考えてることがわかったの。

「そう、かな」

　見てるといいな。

　お父さん、お母さん。

　私……ちゃんと生きてるよ。辛いこともたくさんあったけど今は……すごく幸せなんだ。

「ああ。絶対に見てる」

　だから……心配しないでね。

　目から一筋の涙が流れる。

　それを誤魔化そうと、朝陽の背中に顔をうずめた。

　海岸をひたすら走り、思う存分バイクを堪能したあと、朝陽のバイクだけ別の道を進む。

　その理由は……私が展望台に行ってほしいとお願いしたから。

　朝陽に告白するために──。

　緊張することもなく景色を楽しんでいた私だけど、みん

なから離れるとドキドキが増して、これから告白するんだって実感が湧（わ）いてくる。

　うー……緊張するよー……。

　お父さん、お母さんー。

　私に……少しだけ勇気をください……。

　間もなくして細道に入り、大きめの駐車場でバイクが止まった。

　朝陽が先に降りて、私をバイクから下ろしてくれる。

「ありがとう」

　脱いだヘルメットを手渡すとき、手が触れた。それだけで心拍数（しんぱくすう）が上がる。

　……ど、どうしよう……。

「ん。階段上るぞ。暗いから足下に気をつけろよ」

「わかった。あ、メガネかけるから待ってて」

　メガネをかけてないことを思い出して取り出す。せめてメガネで顔を隠さないと、緊張で心がもたない！

「心美。メガネ禁止。ちゃんと俺の顔、見ろ」

　緊張で手が震えているせいかもたもたしていると、メガネを奪われた。

　ああ、私のメガネが……！

「か、返してよ！　メガネがないと困る！」

　背が高い朝陽はひょいと私の手からかわすと、メガネをズボンのポケットにしまった。

　……えー……メガネ……。

　ガックリと肩を落とす。

朝陽の顔を見て、ちゃんと"好き"って言えるかな。

「心美、もう少し自分に自信持て。俺はちゃんと隣にいる。ちゃんと心美の言葉、聞くから」

「えっ……」

ふいに、真剣な声が落とされた。

顔を上げると、暗がりでも朝陽が真剣な顔をしているのがわかる。

もしかして……朝陽、私が今から告白しようとしているの、わかってる!?

……いや、まさかね。

そんな疑問をいだきながらも、メガネは諦めて階段を上る。その間、なぜか朝陽は私の手を握っている。

私を安心させるように、優しく、握る。

ぬくもりを感じながら上る階段は、すごく長く感じて。でもそのおかげで心の準備は整った気がする。

一番上まで来ると、少し開けた場所があった。

桃菜ちゃんが言っていたとおりだ。

夜景もきれい。告白するにはもってこいの場所。

「朝陽……話、聞いてくれる？」

ベンチがあるところまで来て、朝陽の手を離す。

あたりはシンと静まり返っていて、私の声と心臓の音だけが聞こえる。

自分の心臓の音が聞こえてしまうんじゃないか、と心配になるほど。

「うん」

朝陽は私の言葉に返事をする。

よかった……私の話をちゃんと聞いてくれるんだ。

顔をそっと上げて朝陽のピンクの髪を見る。そして、ゆっくりと口を開いて自分の思いを言葉にしていく。

「私……朝陽に再会できてよかった。一緒に暮らそうって言ってくれて、すごくうれしかったよ」

繁華街で不良に絡まれたけど、朝陽が助けてくれて。その時から、私の生活は大きく変わった。

見た目は怖いけど、中身は優しくて頼りがいのある朝陽。暴走族の総長をやっていて、何度かっこいいと思ったかわからない。

私の話を聞いてくれて、怒ってくれた。

一緒に暮らすって言ってくれて、私の心はどれだけ救われたか。

『大人になっても、ずっと一緒にいる』っていう約束も覚えててくれて。

朝陽の中には、まだ "私" がいたんだ。それだけで、心がぽかぽかと温かくなる。

もう一度、頑張ってみようと思った。

「朝陽が……全部教えてくれたんだ。私が知らなかった感情を。辛くて苦しかった、けど。ヒーローみたいに現れた朝陽に……救われた」

「……そうか」

朝陽は照れくさそうに笑うと、私の頭を撫でる。

ふふ、朝陽に頭を撫でられるの、好きだなぁ。

「それでね、私……」

　スッと深呼吸して気持ちを落ちつかせる。ここだ、ここからが本番だ。私の想い、届け！

「私……朝陽のことが……す……」

　──ブォン、ブォン……。

　好き、と言おうとしたのに、バイクのエンジンで私の声はかき消された。

　え、待って。嘘っ！　タイミング悪っ。

「あ？　なんだ、このバイク……まさか」

　朝陽もはっとしたようにまわりを見渡すと、一気に顔が険(けわ)しくなる。

「朝陽……このバイクは？　小川くんたちの？」

「いや、冬馬たちはまっすぐ倉庫に向かった。これは……Skyblueのバイクじゃないな。心美、ちょっと下がってろ」

　緊張感(きんちょうかん)が一気に増した。

　私も、ただごとではないと察して朝陽の後ろに隠れる。

　ああ、最後まで言えなかった。

　朝陽に好きって言えなかったよ……。

　まさか、こんなことになるなんて。

「あのバイク……cheaterの山本(やまもと)か？」

「え、誰？」

　と、聞き返した私の声は少し震えていた。

　朝陽の服を無意識のうちにギュッと掴んでいて、固く目をつむる。

　──ブォン、ブォン。

　バイクの音はさっきよりも大きくなっていて、入り口の
ほうは塞がれた。

　隠れようにもまわりは開けた場所でベンチがひとつある
だけなので、すぐに見つかってしまう。

「よぉ、Skyblueの総長。久しぶりだな」

　やがて1台のバイクが朝陽の目の前に停まり、運転して
いた人間がゆっくりとヘルメットを脱ぐ。

　低くてゾッとする声に顔を上げて、相手を見た。

「……やっぱり山本か。相変わらず派手な髪してんな」

「お前だけには言われたくねぇ。そっちこそ女をはべらせ
て。あの噂は本当だったんだな。ついにお前も姫持ちって
とこか」

　目の前の山本という男は鼻で笑うように言い放ったあ
と、私をチラッと見る。

　一瞬目が合ったけど、怖くて私からすぐに逸らした。

　その目は、獲物を狙う野生動物のようだった。

　見た目も怖くて、髪色は金色。伏見くんと同じ色だった。

　そして、まわりにはこれでもかといわんばかりに人がい
て、私と朝陽は完全に囲まれてしまった。

　ひっ。この人たち、暴走族の人？

「朝陽……」

「大丈夫だ。心配すんな。心美……」

「わ、わかった」

　その間、ジリジリと男たちが詰め寄る。

「よし、お前ら、あの女を奪え！ やれ！」

「「「うぉぉぉ！」」」

「ひゃあ！」

　あたふたしていると山本と呼ばれた男が声を上げ、それを合図に、まわりの人たちが襲ってきた！

「心美。ぜってぇ俺から離れるな！」

　朝陽は私を庇うように私の前に立つと、次々と襲ってくる奴らをかわしては的確に急所を狙って反撃している。

　ドサ、ドサ……と人が倒れる音を聞きながら、私は朝陽を見る。

　……すご。

　敵に襲われているはずなのに、朝陽は傷ひとつついてなくて、それに私を守りながら戦っている。

　これが、暴走族の総長の力。

　強いのは知っていたけど、ここまでとは思わなかった。

　人数的にもこっちはひとりで完全に不利な状況なのに、もう半分以上倒している。

「へぇ。やるじゃねぇか。そこの女を守りながら戦うなんて、さすが全国ナンバーワンの総長さまだな」

　ニヤニヤと笑いながらこちらに近づいてくる。

　全国、ナンバーワン……？

　どういうこと？

「今日はこのくらいにしといてやる。女の顔も覚えたし、次は容赦しねぇよ。そこの女も覚悟しとけよ。じゃあな」

　山本は言いたいことだけ言うと、バイクにまたがり私の

顔をもう一度見る。

「おい、逃げんのか。ここまで追いかけて来ておいて」

「べつに逃げてねーよ。今日は下見を兼ねての攻撃だから
な。これからも楽しめそうだな」

　ヘルメットをかぶり、エンジンをかけるとそのまま走り
去っていった。

　……なんだったの。

　下見って。

「心美、ケガしてねぇか」

「うん。私は大丈夫だけど……朝陽は？」

「俺も平気だ。それよりも、コイツらが起きる前に下りるか」

　床で倒れているヤンキーを一瞥すると、私の手を握って
階段を下り始める。

　ここ、階段しかなかったはずだけど、あの人はバイクで
登ってきたのかな？

「ちっ。今日の暴走のこと、情報が出回っていないはずな
のにどうして奴らはわかったんだ？　情報屋の仕業か？」

「……」

　朝陽は何かブツブツ言っているけど、私はそれどころ
じゃなかった。

　地面に転がっているヤンキーを思い出すと、恐怖が蘇
る。暴走族に囲まれるって……こんなに怖いんだ。

「はぁ。とりあえず今日は何もなくてよかった。心美に何
かあったら俺は……」

「朝陽……ありがとう」

「……うん。心美が無事でよかった」

　怖かったけど。

　朝陽が守ってくれた。告白はお預けになってしまったけど、かっこいいところが見られて心は満足。

　朝陽は強いんだって、総長なんだって、改めて知ることができた夜だった――。

Heart 3

全国ナンバーワンの肩書き

　展望台での騒動も結着し、あれから私と朝陽はバイクに乗って倉庫に戻った。

　展望台を出る時、朝陽はSkyblueのメンバーにcheaterが現れたと連絡していたから、倉庫の中に入った瞬間、みんなから質問責めにあった。

　桃菜ちゃんには泣きながら抱きつかれ、小川くんや遠藤くんは『大丈夫だったか』と、かなり心配した様子で声をかけてくれた。

　大丈夫だと何回も言ったけど……桃菜ちゃんは、なかなか離れなくて困ったよ。

　あはは。

　そんなに、あの山本という男は危険なのかな。

「今日は大した被害はなかったけど、山本が意味深なことを言ってきた。おそらく心美を狙ってくるんだろうな」

　あれから部屋に入り、みんなに状況を説明をしたあと、朝陽がつぶやくように言った。

　……たしかに、私を狙っているような言い草だった。私は朝陽の彼女でもなく、ただの幼なじみなのに。

　山本たちは勘違いしたまま走り去ってしまったから、誤解を解けなかった。

「そうか。やっぱり藤原さんを狙ってたか。桃菜は大丈夫だが、総長に一番近い藤原さんが狙われるとなると……い

よいよ動き出したか」

「心美ちゃん。これからはもっと気をつけないとダメだよ」

　桃菜ちゃんまで。

　そんなことよりも……。

「あの、cheaterってなんですか？」

　朝陽から名前は聞いて暴走族だということは理解できているけれど、イマイチわからない。

「朝陽くん、心美ちゃんに説明してないの？　ちゃんとしなきゃダメでしょ!?」

　すかさず渉くんがむくれるように言うから、かわいいと思った。

　……いや、そうじゃなくて。

「……心美を心配させたくなかったから詳しく説明しなかったんだ。まぁ、今日の騒動で話さないとダメなのはわかった」

　……そうだったんだ。でも……話してほしかったな。

「cheaterっていうのは、このあたりで活動している暴走族のこと。cheaterは史上最悪の暴走族で、目をつけられるととても厄介だ」

「……」

　朝陽たちのSkyblueも暴走族だけど、どこがどう違うのかな。

　桃菜ちゃんは心配そうに私を見たまま、小川くんの隣にちょこんと座っている。

「cheaterは女や子どもにも手を出してやりたい放題。ケ

ンカなんかしょっちゅうだぜ。そう考えると、俺らのチームは平和なんだよ」

　朝陽の言葉に続いたのは伏見くん。

　言葉の節々から、イラつきが垣間見える。どうやら伏見くんはcheaterが大嫌いらしい。

「恭平の言うとおりだ。ここ最近は奴らの活動が減ったと思ったのにな」

「だからあの時、電話で言ったろ。お前が藤原さんを助けた時から目をつけられてるって」

「えぇ！　そんなことがあったの!?　朝陽、なんで言ってくれなかったのよ！」

　小川くんがとんでもないことを言うから、私は驚きが隠せない。もしかして、cheaterに朝陽と一緒に住んでいることがバレた!?

　それだったら一大事だ。

　Skyblueのメンバーにも言ってないことが敵チームにバレたら、とんでもないことになる。

　どんな弱みを握られるかわからない。

「警戒はしていた。だけど、こんな早く行動に移すとは思わなかった。もう少し、まわりの警戒を強めたほうがいいな。あと、他のみんなにもこのことは話しておいてくれ」

「了解。これからどうすんだ？　このままじゃ、やられるぞ？」

　遠藤くんが、真剣みを帯びた口調で朝陽に忠告する。

　このままじゃやられるって……。

「そこは大丈夫でしょ。なんたって、朝陽くんは全国ナンバーワンの総長なんだからね！」

「おい、あんまデカい声でそれを言うな。俺は、その肩書きが好きじゃねぇんだ」

　朝陽は、眉間にシワを寄せて渉くんを睨む。私は『全国ナンバーワン』と聞いてドキッとした。

　さっきの山本って人も、『全国ナンバーワン』と言ってたけど……。

　なんで朝陽は、そんな大事なことを言ってくれなかったんだろう。もしかして、隠してた？

　なんだか仲間外れにされたような感覚に襲われ、胸がズキッと痛む。朝陽といると胸が痛んだり、ドキドキしたり大忙しだ。

　いい感情も悪い感情も、すぐに出てしまう。

「今日は、もう遅いから解散する。明日、学校で少し作戦を練るか。もうすぐ文化祭もある。一般生徒を巻き込むわけにはいかねぇからな」

「そうだな。いつかは潰さなきゃいけない敵だし、早めにやっといて損はないだろ」

　私が考え込んでいる間にも、話はどんどん進んでいく。

「よし。今日は解散。お疲れ様」

「お疲れー。桃菜、帰るぞ」

「う、うん。心美ちゃん、じゃーね」

　朝陽の解散のかけ声とともに、みんなが部屋からぞろぞろ出ていく。桃菜ちゃんは私に一言声をかけてから、小川

くんと出ていった。

　私はゆっくりと立ち上がり、無意識に朝陽の手を握る。

「心美？　どうかしたか？」

　いつもこんなことをしないのでびっくりしたのか、目を大きく見開いて私を見ている。

　ねぇ、私は朝陽のことが好きなんだよ。

　この想いは……伝えることはできないのかな。

「……朝陽、私の隣にいて」

「……っ……今のは反則だろ……」

　朝陽の隣にいたくなった私。

　そのまま誰もいない部屋で、しばらく手を繋いだまま立ち尽くしていた。

「心美、疲れただろ？　先に風呂入れ。俺はやることがあるから」

「はーい。じゃ、お先」

　あれから私と朝陽は、行きと同じように赤座さんの運転するリムジンでアパートに帰ってきた。

　車の中で正気を取り戻した私は、朝陽にしてしまったことが急に恥ずかしくなり終始無言だった。

　……私は、いったい何をしたかったの？

　朝陽の手を自分から握るなんて恥ずかしいことを、どこで覚えたんだろう。

　ギャーっ！

　思い出しただけで恥ずかしい！

　告白ができなくて混乱した挙句、朝陽の手を握るなん
て!!

　無意識にもほどがある……。

「あー……朝陽に絶対引かれた……」

　お風呂の中でボソボソとつぶやく。

　今日は、本当に散々な日だった。告白はできなかったし、
cheaterとやらの暴走族には絡まれるし、全国ナンバーワ
ンのことを明かされるし。

　私の頭が追いつかないよ!

　はぁ、とため息をつきながら髪を洗ってスプレーを落と
す。

　途端に露わになる、私の栗色の髪の毛。

　サラサラストレートで、お母さんの血が混ざってるんだ
なって改めて思う。

　高校で変装するようになってからは、朝陽以外に誰にも
見せていないこの髪の毛。

　身の安全を守るためと言われても、みんなを騙している
ような感じで黒髪は落ちつかない。

　鏡に映る自分の姿を見ながらシャワーを浴びて、お風呂
から上がった。

　パジャマに着替え、髪の毛を拭きながら朝陽のもとへ向
かうと……。

「ああ、わかった。情報集めはそっちで頼む。了解。じゃ、
今日はお疲れ」

　誰かと電話をしていた朝陽が私に気づき、電話を切った。

「朝陽、お風呂どうぞ。今、誰と話してたの？」

「琉貴だ。アイツは情報収集役だからな」

　そうなんだ。

　ほらね、私が聞くとちゃんと朝陽は答えてくれる。なのになんでモヤモヤするんだろう。

「あったまったか？」

「うん。私、髪の毛乾かすからゆっくり入ってきていいよ」

　引き出しの中にあるドライヤーを手に取り、朝陽の前を通りすぎる。

「……今日は俺が乾かすよ」

「へ？　でも朝陽もお風呂入んないと」

「俺は平気だ。心美、おいで」

　朝陽は私を手招きすると、ベッドの上に座る。

　そんなことを言われたら、行きたくなっちゃうじゃん。髪乾かす、なんて初めて言われたし。

　びっくりしたけど、私はバスタオルを外して朝陽の前に座る。そしてドライヤーを手渡すと、朝陽は髪を乾かし始めた。

　人に髪を乾かしてもらうのは、本当に久しぶりで変な感じ。しかも、その人が私の好きな人だからなおさら。

　まだ恋人でもない人から、こんなことされてもいいのかな。

　……でも、朝陽はそんなこと考えてないよね。

　だってこの前キスした時だって、そのあとなんもなかったかのように振る舞ってたし。

きっと、気にしてるのは私だけなんだ。

うれしいはずなのにモヤモヤがどんどん広がって、ネガティブな感情で心がいっぱいになる。

ドライヤーの風を受けながら、私はなんて嫌な人間になってしまったのか、と自分にウンザリしてしまう。

「心美の髪は、きれいだな」

ぐるぐる考えていると、朝陽がふとつぶやく。

はっとした時は、時すでに遅し。

ドライヤーはいつの間にか止まっていて、私の髪に朝陽の指が絡まっている。

ひとつひとつの指に私の髪を絡ませながら、私の前に回り込んでくる。

朝陽と視線が合った。ただそれだけのことにドキドキが止まらなくて。

「朝陽……？　ひゃ！　ちょ……やぁ！」

ヤダヤダ、変な声出ないで。

髪に指が絡まったかと思えば、朝陽は顔を寄せて、私の首筋をそっと……そして甘く噛んできた。

強くて、甘くて。

首元からジンジンと体が熱くなっていく。我慢できずに変な声が出てしまう。

朝陽、どうしちゃったの？

「ここ、弱いんだな」

つーっと首を指でなぞる。

「ん、あっ……！　やぁ……」

　朝陽の熱い指が私の首筋をなぞるたびに、ゾクゾクと背中がくすぐったくなる。

　我慢できず、朝陽から離れて後ずさった。

　だけど、ちっとも嫌な感じはしなくて……それどころか、もっとしてほしいと思ってしまった。

　……って、朝陽は何を考えてんの!?

　好きでもない人に、こんなことしないでよ。

　今日だって想いを伝えるはずだったのに。

「……う、……ふぅ、朝陽の……バカぁ……ひっく……」

　耐えきれずに涙が流れる。私に優しいと思ったら、時には私をからかったり。

　人の心を弄ばないでよ。

　いっぱいいっぱいになった私は、次から次へと流れる涙をぬぐう。

「……泣くなよ。な？」

「……ん！」

　朝陽はまた私に近づいて抱き寄せると、ペロッと涙を舐める。

「今日は悪かったな。心美の話を聞けなくて。今度改めてちゃんと聞くから。今日はこのくらいで勘弁してくれ」

「ちょ、朝陽……んっ！」

　朝陽は私を軽く押し倒すと、私の唇に……自分の唇を合わせた。

　私を安心させるように、何度も何度もキスをする。

　最初は抵抗していた私だったけど、キスをされている間

は朝陽に身を任せていた。

朝陽にキスされると安心する。

好きな人からキスをされて、嫌な人はいますか?

私は……いけないとわかっていても、うれしいと思って
しまう。

私の唇を食べそうになるほど、朝陽は大きく口を開けな
がらキスをしてくる。

「ん、はぁ。朝陽……」

クラクラする私の頭の中には、"好き"という言葉が溢
れ返っていた。

「なんだ?」

完全にキャパを超えた私は、どさくさに紛れて"好き"
と言ってしまおうかと思ったけど。

ちゃんと言いたい。

「……なんでもない……んっ……ふぅ……んんっ」

「そうか」

容赦ない朝陽からのキス。私は、考えることをやめた。

でも、もう少しだけ……このままでいたい。

「今日は一緒に寝るか?」

キスが終わったのか、朝陽が私から離れる。

私は、はぁはぁと息を切らしていた。ここぞとばかりに
酸素を思いっきり吸い込む。

朝陽は、そんな私を抱き起してくれた。

「……うん」

　そして私を抱くと、頭をぽんぽんと撫でる。

　今夜は朝陽と一緒に寝たいと思った。

　そのあと、朝陽はお風呂に入って寝る準備だけをしたら今日は一緒のベッドに入って眠る。

　朝陽の腕の中は温かくて、安心できる。

「おやすみなさい」

　そう言って、眠りについた。

私の素顔

「……で？　結局そのあとどうなったのよ」

「う、まだ告白できてません」

　桃菜ちゃんにずいっと迫られ、事実を白状する。キスやら一緒に寝るやらしといて、まだ朝陽に告白できていないなんて。

　情けなさすぎて……自分の気持ちに自信がなくなってきた。

　あの暴走の日から数週間がたった。

　制服も白いブラウスに、緑のタータンチェックのスカート、胸元には赤のリボンと夏服に変わり、季節も本格的に梅雨に突入。

　あれからとくに何もないけど、朝陽たちはピリピリしたまま。

　いつcheaterが動き出すかわからないから、気を張っていてずっとそのことばかり話している。

　最近では昼休みもそのことを話しているので、その場に居づらい私と桃菜ちゃんは、教室や裏庭でお弁当を食べている。

「はぁ。あれから結構時間がたつっていうのに、告白はまだなんて。暴走の日の意気込みはどうしたのよ」

　そして今は昼休み。

　私と桃菜ちゃんは、裏庭でお弁当を食べていた。

「……ぐうの音も出ません。桃菜ちゃん、私はいったいどうしたらいいのでしょうか」

あれから、何度も言おうと思っていた。

だけど、なかなか言葉が出てこなくて結局言わずじまい。ほんとに、暴走の日の意気込みはいったいどこへ行ったのやら……。

「はー。こうなったら文化祭に賭けるしかないね。私も冬馬と過ごす時間が減って困ってるの。これも全部cheaterのせいだよ」

桃菜ちゃんはそう言ってから、お弁当をかき込む。

あはは……桃菜ちゃん、今日は豪快だな。

「そうだねぇ。最近はcheaterって聞くたびにドキッとするし。私は顔を見られちゃったから、なおさら。文化祭でも襲ってくるかもって朝陽が言ってたし」

天野学園は不良校だけどちゃんと行事はあって、その中でも高校に入学して最初の大きな行事は文化祭。

文化祭は意外と参加者が多くて、盛り上がる学校行事のひとつ。

7月の上旬に行われ、期間は2日間ある。

1日目は校内の生徒のみの開催で、2日目は保護者や一般の人も来るので、かなり盛り上がるらしい。

「ねー。暴走族の奴らのせいで、文化祭を台無しにしてほしくないよね。うちらの大事な青春なんだから」

「……青春、ねー」

私も朝陽と文化祭を回りたいけど……きっと目立つから

ダメって言われそう。ただでさえ、朝陽といると悪目立ちするんだもんな。

「心美ちゃん、文化祭お互い頑張ろうね。朝陽くん、きっと心美ちゃんからのお誘い、待ってるよ」

「どうかなー」

　もそもそとお弁当を口の中に入れる。

　私、もう一度頑張れるかな。

　そう思ってまた朝陽のことを思った。

　今日は土曜日。

　学校は休みなので、家でゴロゴロしていた。

　変装もする必要がないから、そのまま。朝陽は朝から集まりがあるからって家にはいない。

　久しぶりにひとりの時間ができて、ぼーっとする。

　『今日は家から出るな』と言われたけど……暇すぎる。

　ひとりって、こんなに寂しいもんだっけ？

　毎日朝陽と一緒にいるから、ふたりでいることに慣れちゃった。もうひとりでいるのはダメだな……。

「よし。お昼ご飯でも作るか！」

　寂しさを紛らわすために、少し早いけど料理を始めることにした。

　何を作ろうかなー、なんて思いながら冷蔵庫の中を覗いてみると……。

「あれ？　何もない……」

　冷蔵庫を開けたのはいいけど、調味料があるだけで材料

になるものはほとんど切らしていた。

　あー、食材を切らしてるのすっかり忘れてた。今からスーパーに買い物に行っちゃダメかな。

　デリバリーを頼んでもいいけど、あまりお金は使いたくないし……。

　うん、スーパーに行こう。

　ちょっと出かけるくらいならいいよね？

　朝陽にメッセージだけ入れて、このまま出かけちゃおう。

　そうと決まれば部屋着から出かける用の服に着替えて、ショルダーバッグの中にスマホと財布を入れる。

　スマホでメッセージを送ったあと、部屋の中を見渡す。

「行ってきまーす」

　誰もいない部屋だけど、そう言ってからアパートを出る。

　ドアを開けると雨が降っていた。

　朝は晴れていたのにな。

　梅雨って、天気がコロコロ変わるから嫌なんだよな。傘を手に取ってから鍵をかけた。

　階段を降りて傘を広げる。

　スーパーは、家から歩いて10分くらいのところにある。

　住宅街の安全な場所にあるので、大丈夫だとは思うんだけど。

　前に小川くんから聞いた話が頭の中から離れなくて、ひとりで歩くのは少し心配。

　でも、今は変装してないし、誰も私だなんてわからないよね。

　そんなこんなで歩いて、ひとつめの角を曲がったところ
で……。
「い、嫌！　さわんないでよ！　この変態！」
　女の子の声が聞こえた。その声を聞いてドクン、と心臓
が跳ね上がる。
　サッと影に隠れて、様子をうかがうように顔をちょこっ
とだけ出すと……。
「えっ。桃菜、ちゃん？」
　人に囲まれてよく見えないけど、その後ろ姿は間違いな
く私の親友……桃菜ちゃんだ。
　桃菜ちゃんは角を曲がった細い路地にいて、その左右を
ヤンキーが囲んでいる。桃菜ちゃんは傘をさしていたけど、
ヤンキーはヘルメットをかぶっていて傘をさしていない。
　……動かなきゃ……桃菜ちゃんを、助けなきゃ。
　そう思うけど、足が動かない。
「も、桃菜ちゃ……」
「お前かぁ？　藤原心美って奴は。総長の姫だろ？」
　え？　私……？
　離れていても、はっきりと私の名前を言っているのが聞
こえた。その瞬間、足が勝手にガクガクと震える。
　小川くんが言っていたことは本当だったんだ。
　もしかしたら、あの人たちはcheaterのメンバーかもし
れない。桃菜ちゃん、私と勘違いされちゃったんだ。
　どうしよう。私の、せいで……。
「私は桃菜よ！　冬馬の彼女！」

「へぇ。噂どおりかわいい彼女だな。アイツもやるじゃねぇか。……じゃあ、藤原心美の居場所はどこだ？」

ドクドク……。

早鐘を打ったように鳴り続ける心臓。私は、無意識にぎゅっと胸のあたりを握りしめる。

桃菜ちゃん……ごめんね。

巻き込んで、ごめんね……。いろいろな『ごめんね』が頭の中でいっぱいになり、呼吸も荒くなる。

その場から動けなくなって座り込んだ。

「はぁ、はぁ……う、桃菜……ちゃん」

「誰が親友の居場所なんか言うかっての！　あんたたちみたいなヤンキーが関わっちゃいけないのよ、心美ちゃんは！」

その声に、はっと顔を上げる。

桃菜ちゃんは腕を掴まれているけれど、きっとヤンキーを睨んでいる。

桃菜、ちゃん……。私のことを守ろうとして？

「へぇ。いい度胸してるじゃん。そういう女、そそられるねぇ。ちょっとこっち来い」

「嫌、離して！　だ、誰か……助けて！」

「おい、騒ぐんじゃねぇ。ちょーっと楽しませてもら　うだけだから。大人しくしてりゃ、なんも傷つけないよ」

「嫌ー！」

私は、朝陽に連絡するのを忘れて駆け出していた。

「ちょっと、私の大事な親友に何すんのよ！」

　気づいたら私は集団の真ん中にいて、傘を放り投げていた。桃菜ちゃんの掴まれていない腕のほうを掴み、キッとヤンキーを睨む。

　その衝撃に、桃菜ちゃんの傘も地面に落ちる。

　本当は怖かったけど、桃菜ちゃんを助けなきゃと思った。

　私の大事な親友に……手を出さないで。

「狙いは私なんでしょ？　桃菜ちゃんは関係ない」

「お前、誰だ？」

　桃菜ちゃんを掴んでいたヤンキーは、私を見たあとゴクリと唾を飲み込む。

　ヘルメットをかぶっているから、表情はわからない。おそらく変な女だと思われているに違いない。

　まぁ、見られたのは変装している時だからわからなくても当然だけど、だからって、間違えて桃菜ちゃんが危険にさらされるのは不本意だ。

「そ、その声……もしかして心美、ちゃん？」

「は、コイツが藤原心美？　おい、どういうことだ？　総長から聞かされてた情報とは違うぞ？　こんな美女じゃなかったはず……イデッ！」

　私は、ヤンキーの脛あたりにドカッと蹴りを入れる。

「そうよ。私が藤原心美よ。見た目はどうでもいいじゃない。この子は、私の親友。私が、こんなかわいいわけないじゃん。勘違いも甚だしい」

　……どうしよう。

　ヤンキーに蹴り入れちゃったよぅ！

　口調は強気だけど頭の中は真っ白で、このあとどうするかまったく考えていなかった。

　バクバクと心臓は暴れていて、傘もさしていないので髪やら服やらが濡れてとても気持ち悪い。これは、あとで風邪ひくパターンだな。

　おまけに桃菜ちゃんには素顔がバレちゃうし、とんだ災難だ。

「よくもやってくれたな！」

「ひぃぃ！　ごめんなさぃぃ！　桃菜ちゃんー！」

「あ、心美ちゃん？　ちょっと待ってよ！　速いって！」

　桃菜ちゃんの、さっきまでの強気はどこへやら。

　目の前のヤンキーが声を上げた瞬間、桃菜ちゃんを掴んだまま隙を見て走り出した。

　ついでに傘2本も拾い上げる。

「あ、待てコラ！」

　逃げることしか頭になかった私は必死で足を動かす。後ろで舌打ちした音が聞こえたけど気づかないフリ。

　とにかくヤンキーのいない場所へと逃げたくて、細い路地を走って広場に出た。

「はぁはぁ……心美ちゃん、速い……」

「ご、ごめん……とにかく逃げなきゃと思って……」

　ふたりして膝をつきながら呼吸を整える。はぁはぁ、と息を切らしていたけど、なぜか頭の中はスッキリしていて、気分は爽快だった。

　桃菜ちゃんを守れた。

　それだけなのに、私はうれしくて。

　私も朝陽みたいに強くなれたかな、なんて自惚れもした。

「追いかけてこないね。はぁー……助かったぁ。心美ちゃん、助けてくれてありがとうね」

「う、うん。桃菜ちゃんが無事でよかった」

　傷ひとつついていない桃菜ちゃんを見て、ほっと胸を撫でおろす。

　桃菜ちゃんに何かあったら小川くんも悲しむから、ほんとに無事でよかった。

　でも、なんであんなところにいたんだろう。

「それで？　心美ちゃん、その姿はどういうことでしょうか？」

「へ？　あっ！」

　桃菜ちゃんをじーっと見ていると、突然聞いてくる。

　変装していないことを完全に忘れていた私は、サーッと血の気が引いていくのがわかった。

　今の私はメガネはしていないし、スプレーで髪を黒く染めてもいない。

　私の素顔、丸出し状態。

「こ、これには事情がありまして……」

「もしかして、それが本当の姿？」

「……はい」

　私は観念して頷いた。これ以上、桃菜ちゃんを騙せる自信がなかったし。

　はぁー。

　なんで私って、こんなに運が悪いんだろう。こんな姿、桃菜ちゃんに見られなくなかったよ……。

「……キャー！　めっちゃかわいい！　磨けばかわいいんだろうなとは思ってたけど、まさかここまでかわいいとは思ってもみなかった！　もー！　朝陽くんってば、なんも言ってくれないんだからー！」

　桃菜ちゃんは叫ぶように言うと、私に抱きついてきた。

「うわっ！　ちょ、桃菜ちゃん、濡れちゃう！」

　全身ずぶ濡れの私は、よろめきながらも彼女を受け止める。

　抱きついたら桃菜ちゃんも濡れちゃうよ！

　彼女が何を言ってるのかさっぱりわからないけど、とにかく恥ずかしい。

「お、落ちついて！　ここじゃあれだから、どっかカフェでも……」

「でも、心美ちゃん濡れてるでしょ？　カフェじゃなくて私の家においでよ。そこでじーっくり話を聞いてあげるから」

「う……はい」

　にっこり、と効果音がつきそうなほど笑う顔が怖かった。

　ぞぞぞーと寒気が走り、自分で自分を抱きしめた。

　あー、これはお説教モード突入しちゃったな。

　桃菜ちゃんは怒ると怖いんだよなぁ……。

「あ、スーパーに行くの忘れてた！」

「え、買い物に来てたの？」

「そうそう。冷蔵庫の中が空っぽだから……」

「そんなの親に任せればいいじゃない?」

「……う、いや、お母さんにお使い頼まれてたんだよ……
あはは……」

　危ない。

　桃菜ちゃんに指摘されて、うっかり親と暮らしていない
ことがバレてしまうところだった。

　申し訳ないけど、桃菜ちゃんには朝陽と暮らしているこ
とを言ってない。

　ううー……ごめんね、桃菜ちゃん……。

「そっかぁ。でも、ずぶ濡れだから買い物はあとでね。ま
ずは家でシャワーでも浴びよ。助けてもらったお礼。ほら、
行くよ」

「うん!　ありがとう、桃菜ちゃん」

　私は、桃菜ちゃんの後ろをついていく。怖かったけど、
勇気を出して桃菜ちゃんを助けられてよかった。

　朝陽には怒られるかもしれないけど……そんなことはど
うでもいいや。

　そのあとはしっかり傘をさして、2人で他愛もない話を
しながら桃菜ちゃんの家へと向かった。

内緒の話

「は、はっくしょんっ！　……さむー……」

「もー。助けてくれたのはうれしいし仕方ないけど、心美ちゃん無茶しすぎ。もう少し気をつけてよね。はい、タオル」

「ズズっ……ありがどう……はっくしょんっ！」

　私はまた大きなくしゃみをする。寒いよー。

　桃菜ちゃんからタオルを受け取り、髪をわしゃわしゃと拭く。

　桃菜ちゃんの家についたはいいものの、家の方に挨拶を終えて桃菜ちゃんの部屋に入った途端、寒すぎて盛大にくしゃみをしてしまった。

　情けない……かっこ悪すぎて涙が出てくる。

「お風呂、入ってきてね。お母さんには話しておいたから。お風呂は1階にあるよ」

「はーい。ほんとありがと」

「いーの。早く行きな」

　私は桃菜ちゃんから服とバスタオルを受け取ると、1階に下りてお風呂に入った。

　人の家のお風呂に入るのは初めてで、緊張したけどとても気持ちよくて体が温まった。

　お風呂で髪を洗いサッとお風呂から上がると、ホカホカと温まっていて寒気は一気に吹き飛んだ。

　……ふぅー、桃菜ちゃんの家のお風呂、広くて気持ちよかったな。

　うちにはかろうじてお風呂はあるものの、狭（せま）いのでゆったりはできない。こういう一軒家の広いお風呂は久しぶりで、気持ちよかったけど少し落ちつかなかった。

　桃菜ちゃんに借りた洋服を着て、桃菜ちゃんのお母さんにお礼を言ってから２階に上がる。

　──ガチャ。

「お、上がってきた？」

「うん。ありがとう。お風呂、気持ちよかったー」

「そう？　ならよかった！　あ、ドライヤーここに置いてあるから使ってね。私も入ってくる」

　桃菜ちゃんはドライヤーを指さすと、「くつろいでて」と言って部屋を出ていった。

　……くつろいでてって言われてもなぁ。

　とりあえず、ドライヤーで髪を乾かすか。

　ドライヤー……。

　ドライヤーの風に当たりながら、朝陽に髪を乾かしてもらったことを思い出す。

　髪を乾かしてもらって、それから……。

　ギャーッ！

　私、何を思い出してんの！

「はー……私、とことんついてないなー……」

　髪を乾かしたあと、私はスマホをいじる。朝陽からメッセージ……は来ていないか。

「はぁー……」

「なーに、人の家で辛気臭い顔してんの。もしかして疲れた？」

「も、桃菜ちゃん！　いつからそこに!?」

　ドアのほうから声が聞こえて振り返ると、そこにはジュースやお菓子を載せたトレーを手にしている桃菜ちゃん。

　え！　気配をまったく感じなかった！

　し、辛気臭い顔ってどんな顔だろう……。ペタペタと自分の顔をさわってみるけど、もちろんわかるはずもなく。

「心美ちゃん……見れば見るほどかわいい……。あんな変装してるのもったいないよ」

「へ？　私がかわいい!?」

　うっとりとした視線を向けながら私の前に座ると、おもむろにスマホを取り出し、カメラモードにしていたのか写真をパシャリ。

　……って、何、写真撮ってんの！

　恥ずかしいからやめてよね！

「桃菜ちゃん！　写真消してー！　恥ずかしい！」

「やだね。これは私の待ち受けにするんだから」

「ギャーッ。それだけはやめて！　朝陽に怒られる！」

　ただでさえ、朝陽に『変装をとくな』ときつく言われてるのに、敵には素顔が見られるわ、桃菜ちゃんには写真を撮られるわで怒られることは確実。

　そ、それだけは絶対嫌！

「冗談よ。私のかわいい心美ちゃんが、朝陽くんに怒られるとこなんて見たくないもんね。でも写真は消さない」

「……桃菜ちゃんのイジワル。というか、私の写真なんか撮っても何もならない気がするけど」

　私の言葉に、桃菜ちゃんは固まった。そしてスマホが手から滑り落ちる。

　──カシャーン。

「え、どうしたの?」

　私はスマホを拾って手渡すけど、桃菜ちゃんは動かない。不思議に思って顔を覗き込んでみると、彼女はポカーンとしていた。

「……心美ちゃんって、まさか無自覚?」

「む、無自覚?　って、何が?」

　なんのことか、さっぱりわからない。桃菜ちゃんのかわいい顔がフリーズしてしまったかのように、表情筋がピクリとも動かない。

「これじゃ、朝陽くん……苦労するよね。同情するわ」

「え!?」

　なんでここに朝陽が出てくるわけ?

　ちんぷんかんぷんなんですけど。

「まぁ、そんなことはいったん置いといて」

「そ、そんなこと?」

「なんで変装しているのか、教えてもらおうじゃないの」

　そう言ってニヤッとイジワルく笑った桃菜ちゃんは、お菓子を手にするとバサッと開ける。

うひゃー……。

圧がすごいんですけど。これは話が長くなりそうだ。

逃げられないと思った私は、変装することになった経緯(けいい)を詳しく話した。

「……なるほど。だからメガネなんだ。朝陽くん、変装を勧(すす)めて正解だね」

「そうかなー」

お菓子をつまみながら相槌(あいづち)を打つ。私はべつに変装しなくてもいいと思ったけど、今となっては正解だったかもしれない。

まさか、こんな事態になるなんて想像できなかったからね。そこは朝陽に感謝だな。

「ねえ、さっき桃菜ちゃんが襲われたところって、暴走族の溜まり場なの？」

「そういうわけじゃないんだけど。cheaterが街中を歩いてはケンカをしまくってるらしいね。この間の騒動から、様子がおかしいみたい」

「……」

それは、朝陽にも聞いた。

なんでも、全国ナンバーワンの暴走族の総長を倒せば、その人が次の全国ナンバーワンを名乗れるとか。

だから朝陽をおびき寄せるために、無差別にケンカをしているらしい。

それを聞いて、私は呆れた。

　朝陽が狙われるのはわかるけど、関係ない人を巻き込むのは許せない。

　今日みたいに、桃菜ちゃんも勘違いされてヤンキーに襲われかけたんだもん。

「はー、早く平和な日常に戻ってくれないかなー」

「ほんとだよねー。このままだと、いろんな人を巻き込んじゃうし」

　そのあと他愛もない話をしていると、時間があっという間にすぎた。

　お昼ご飯までご馳走《ち そう》になっちゃって、気づいたら時刻は午後の3時をすぎたころ。

　そろそろ帰らないとやばいなと思い、帰る支度をして桃菜ちゃんに見送られながら家を出た。

　濡れた服は袋に詰めてお持ち帰り。桃菜ちゃんに借りた服は後日返すことにした。

　迷惑をかけて申し訳ない……。

　家を出ると雨はすっかり上がっていて、太陽が雲の隙間《すき ま》から出ていて眩しかった。

「今日はありがとうね」

「ううん、私のほうこそいろいろありがとう。桃菜ちゃん、これからはお互い気をつけようね」

「うん。じゃ、また学校で」

　バイバイと手を振り、家がある方向に向かって歩き出す。

　あー、帰りがけにスーパーに寄っていかなきゃ。

　道を歩きながらそんなことを考えた。

「ただいまー……」

　あれからスーパーに寄って買い物をしてから帰宅すると、なぜか家の鍵が開いていた。

　もしかして……と思ってドアを開けると、朝陽の靴が目に入る。

　う、わー……。

　朝陽、帰ってきてんじゃん。最悪……。もう少し心の準備をする時間が欲しかった……。

「朝陽……いますか？」

　おそるおそる家の中に入ると、ベッドの上に朝陽が座っていて腕組みをして私を睨んでいる。

　ひぇっ！　朝陽、いつにも増して怖いんですけど！

　ビクビクしながらスーパーで買ってきたものを冷蔵庫の中にしまい、これからなんて話そうか考える。

　だけど頭の中は真っ白で、何も浮かばない。

　外に出るな、とあれほど言われてた。

　いくらメッセージを送っていたとはいえ、さすがにやばかったな。

　しかも、変装しないで行っちゃったし。

「朝陽……集まり、お、終わったの？」

「ああ。おかげさまで早くな。心美、ちょっとそこに座れ」

「う、は、はい……」

　オ、オーラが……真っ黒なんですが……。

　これは、大人しく言うことを聞いたほうがいいね。

　そーっと朝陽の前に座り、俯く。

「心美が、無事でよかった……」

「え？」

　顔を上げたと同時に、ぎゅっと抱きしめられた。てっきり、怒られると思った私は放心状態。

　温かさを感じて、思わず朝陽の背中に腕を回す。

「ご、めんなさい。勝手に出かけちゃって。朝陽の言うこと聞かなくてごめんなさい」

「ん。心美が無事ならそれでいい。木下を助けたんだってな。さすが俺の幼なじみだ」

　私を安心させるように、ぽんぽんと頭を撫でてくれる。だけど、『幼なじみ』と言われて胸がズキッと痛んだ。

　……ズキッとしちゃダメ。

　朝陽は私を褒めてくれたんだ。

「朝陽、なんで桃菜ちゃんを助けたこと知ってんのよ……。それについてはメッセージ送ってないじゃない」

　胸の痛みを誤魔化すように、朝陽の胸に顔をうずめる。

　好きな人の腕の中って、どうして安心するんだろう。あったかくて、心地よくて。

「あー、木下が冬馬にメッセージ送ってて、それで知った。ついでに変装がバレたってのもな」

「うっ、ごめんなさい。冷蔵庫の中身がからっぽだったからスーパーにちょっと行こうと思って。変装しないで出ちゃった」

「はぁー……」

　盛大にため息をつく朝陽。

やっぱり呆れてるよね。

　私がこんなことに巻き込まれて、敵も含めて周囲に素顔がバレて。

　私も……こんなことになるなんて思わなかった。変装してから出かければよかった。

「ま、無事でよかった……」

「……朝陽ー……。怖かったー……」

　緊張の糸がプツンと切れ、堰を切ったように涙が溢れる。

　桃菜ちゃんを守れたとヒーローぶってたけど、本当は怖かった。朝陽が言うほど私は強くないんだよ。

　足が動くまで時間はかかったし、桃菜ちゃんには迷惑かけるし。

　もう、散々だったんだよ。

「うー……、ごめんね。たぶんcheaterにも素顔がバレちゃった」

　それが一番の気がかりだった。

　敵に顔を見られてしまったから、どうすることもできない。

　それに小川くんの話だと、変装してる時の顔もバレてるらしいから、どっちにしろ私が狙われるのは確実。

　暴走族の知識があまりない私でも、そのくらいのことは容易く想像がつく。

　それは、朝陽もわかっているだろう。

「ああ。それも聞いた。悪いな、俺たちの騒動に巻き込んで。木下にも謝っとかないとな」

「……これからどうすればいいのー。……ズズっ」

　この前、襲われた時だって危険を感じたのに、追い打ち
をかけるようにこんな騒動が起きたもんだから、これから
はもっと気を張らなくちゃいけない。

　あー、私のバカッ！

「そうだな。とりあえず泣きやめ。ティッシュやるから」

　はい、と朝陽にティッシュを手渡されて、鼻水が垂れて
いたことに気づく。

　え、嘘でしょ！

　こんな状態で朝陽に抱きついてたの!?

　……穴があったら入りたい……。

　好きな人の前で、こんな醜態をさらすなんて。

　急いでティッシュを受け取り、鼻をかむ。

「厄介なことになったな。心美はひとりでいるのは危険す
ぎる」

「あ、朝陽？」

　何やらブツブツ言っている朝陽のほうを見る。

　……何か嫌な予感しかしない。

「心美、これからはずっと俺のそばにいろ。学校でも絶対
ひとりになるな。ひとりになったら今度こそ許さねーから
な」

「は？　嘘でしょ」

「嘘じゃない。本当は今日の件でもっと説教してやりたかっ
たが、今回は木下を助けたからそれに免じて許してやる。
だけど次はないからな」

「……は、はい……」

　朝陽の圧に負けて、頷く私。

　ああ、私の高校生活……自由がなくなってしまった。

　そして自業自得だとわかっていても、暴走族からは逃れ
られない日々が始まったのだった──。

嫌がらせ

「藤原さーん。こっち手伝ってー」

「はーい」

「おい、心美。あんまちょろちょろ動くな。俺の許可を取ってから動け」

「わーかってるよ。もう。教室の中なんだから、あんまり警戒しなくても」

　クラスメイトに呼ばれて行こうとしたら、朝陽に腕を掴まれる。

　今の時間は文化祭の準備をしているところで、みんな担当の作業をしている。

　私のクラスは、メイド喫茶をすることになった。

　このクラスはイケメンと美女が多いということだけで決まり、最近になってから準備も始まった。

　私はメイド服を着たくなかったので、出番の少ない裏方の調理の仕事をすることに。

　朝陽は、それに賛成してくれた。

「はー、そういうところだ。心美はすぐにさらわれそうだから目が離せねぇんだよ。俺も一緒に行く」

「え、ちょ、朝陽ー？」

　私の腕を掴むと、呼ばれたほうに私を引きずっていく。

　……朝陽、ほんとに護衛が厳しくなったなー。

　あの日、絶対ひとりになるなと言われてから、朝陽は毎

日授業に出るようになった。

隣の席が朝陽だから、なんか落ちつかないんだよね。今までは隣がいなかったから、妙に意識しちゃって。

おまけに……。

「キャー！ 工藤くん、こっちに来る！ やっぱり藤原さん、呼んで正解だよ！」

「だねー。地味なくせに工藤くんと幼なじみとか。超ウケるんだけど」

呼ばれたほうに行ってるだけなのに、好奇の目でじーっと見られる。

今までは、こんなことがあってもすぐにそらされたのに、朝陽が教室に来るようになってからは、毎日のように嫉妬の視線を浴びている。

「もー。こっちもこっちで……」

「なんか言ったかー？」

考えていることが口に出ていたらしい。朝陽は、わざとらしく聞き返してきた。

その態度にムッとする。

「べつに！ 朝陽のバカッ！」

私のそばにいてくれるのはうれしい。だけど、朝陽はとにかくモテるから、この視線を毎日浴びる羽目になってしまった。

桃菜ちゃんは『気にしなくていい』と言ってくれるけど、それは無理だよー……。

「工藤くん、かっこいいー！ はぁー……最高」

　私が近くに行ったけど、とくに用事はなかったらしい。私を呼んだ女子は目をハートにして、うっとりと朝陽を見つめていた。

　……朝陽、あんたモテてんだよ。少しは喜びなさいよ。

　女子が熱い視線を送っているのに、朝陽はくわぁ……と大きなあくびをしていた。

　私は呆れて、ため息が止まらない。

　無関心にもほどがあるんじゃない？

　でも、朝陽のそんな姿を見て、少し安心している自分もいる。

　なんだか複雑な気持ち。

「……で？　心美を呼んだ理由は？」

「え、あ。えーっと、これをお願いしようかと思って」

　朝陽がちらっと女子のほうを見て、用事の有無を尋ねた。

　すると、女子は慌てたように1枚のプリントを私に差し出す。

　あ、ちゃんと私にも用事があったんだ。

　とくに何もすることがなかった私としては、仕事を与えてもらえるとありがたい。

　……だけど、まわりの女子の視線が痛すぎて仕方ない。

　プリントを差し出してくれた子とは話したことがあるから大丈夫なんだけど、その子の取り巻きはあまり話したことがないので、すごく怖い。

　たぶん、私が呼ばれたから朝陽を見ようと集まっただけなんだろうけど……。

あ、圧がすごい。

まわりの女子はメイクが濃くて、いつも騒いでいるグループの人だった。

ギャルっぽいから関わらないようにと気をつけていたんだけど、朝陽のこととなると、仇を見るような目で見てきて萎縮してしまう。

「こ、このプリントは？」

なんとか気を紛らわそうとするけど、声が震えていた。

この前のcheaterのメンバーとは違った圧があって、同性だと怖さは数倍増す。

朝陽は睨むように女子たちを見ているけど、それも効果がないみたい。

「これ、宣伝用のプリントなんだけど」

「うん」

「藤原さんに絵を描いてほしいの。藤原さん、絵が得意なんでしょ？」

……そうだっけ？

目の前にいる女子……たしか、名前は石崎彩ちゃんだっけ？

絵は美術の授業くらいでしか描いたことないけど……。彼女の言葉に首をかしげる。

絵を描くのは好きだけど、得意かどうかは……。

「私の絵でいいの？　結構重要な役みたいだけど」

「うん。私は藤原さんの絵が好きなの。だからお願いしてもいい？」

　……うっ、そ、そんなかわいい目で見ないで。

　石崎さんは私よりも身長が低いから、必然的に上目づかいになる。くりくりとしたぱっちりお目々。

　サラサラの髪は緩くウェーブがかっていて、お人形さんみたいにかわいい子。積極的なタイプで文化祭では裏方のリーダーを務めている。

　クラスでも人気者で、男女ともに人気があるんだ。

「わ、わかった。やってみるよ！」

「わぁ、ありがとう！」

　頬を緩ませてにこりと笑うその顔は、天使そのもの。

　まだ数回しか話したことはなかったけど、私を優しく受け入れてくれた数少ないクラスメイトのひとり。

　桃菜ちゃんもかわいいけど、それとはまた別なかわいさがある。

「じゃ、よろしくね。……工藤くんも」

　石崎さんは朝陽を見ると頬を少し赤らめた。

　……あれ？

　石崎さんも、朝陽のことが気になるのかな……。

　──ズキッ。

　石崎さんのまっすぐな目を見て、ズキッと胸が痛む。

　うすうす気づいていたけど、石崎さんももしかしたら朝陽狙いで私に話しかけてきたのかな……。

　……って、なんてこと考えてるの。

　朝陽に恋をするもしないも、自由じゃない。いつから私は、こんなに嫌な子になってしまったんだろう。

　これも全部、朝陽に恋してしまったせいだ。

「これで終わりか？　心美、行くぞ」

「あ、ちょっと！」

　朝陽は石崎さんたちに冷たい視線を向けると、私を引っ張って席に戻る。

　私は席に座るけど、モヤモヤが残ったまま。なんだろ、この気持ち。

　嫌なモヤモヤだな……。

「おい、なんて顔してんだよ。こっち向け」

「え？　わっ！」

　朝陽に呼ばれてふと顔を上げると、朝陽の顔のドアップが視界に入り、思わず上半身を反らす。

　いつの間にか朝陽は席を立っていて、私の顔を覗き込んでいた。

「い、い、いきなり何すんのよ。ここ、教室……」

「どう思ったんだよ。今の」

「ど、どうって？」

　そして、じーっと私を見つめながら話しかけてくる。顔が近いから、朝陽が話すたびに息がかかってドキドキしてしまう。

　……どうしてそんなこと聞くの。

「嫉妬してたんじゃねーの？　俺が他の女子に話しかけられて」

「……っ！　そ、そんなこと、ない、し……」

　図星をつかれたけど、なんとか誤魔化そうと強がってみ

せる。だけど、言葉が上手く繋がらなくてつっかえてしまっ
た。

「嘘だ。顔にちゃんと書いてあるぞ。俺は誰よりも心美の
そばにいたんだ」

　ち、近っ、近いよ！

　ここが教室だということも忘れて、心美は爆発寸前。

　呼吸も浅くなってきて……さ、酸欠で倒れそう！

「いつだって誰よりも早く、俺は心美の変化に気づくんだ
よ」

「……」

　朝陽はニヤリとイジワルく笑うと、顔をさらに近づけて
きて……唇が触れそうになる。

　こ、これはっ！

　キスされる！　に、逃げなきゃ！

　と、思うけど私の体は動いてくれない。それは朝陽のキ
スが嫌だと思ってないから。

　席が隅っこなおかげかクラスメイトはあまりこちらを見
ていない。みんな楽しそうに作業をしている。

　……いいのかな。このままキスして。

　私はそっと目を閉じて、朝陽からのキスを待った……。

「あー、朝陽くん、心美ちゃんに何をしようとしてるの！
ここ、教室だよ！」

　──ドカッ！

「いってぇ！　渉！　何すんだよ！」

　キスされる寸前で……渉くんが朝陽にお決まりの一撃を与えた。

　私は、びっくりしたのと恥ずかしいのとでフリーズ状態。

　え、私……今、何されそうになった?

　目の前で繰り広げられる"じゃれ合い"らしきものを呆然として見ているけど、内心はそれどころじゃない。

　い、今……朝陽、私にキスしようとした!?

「心美ちゃん!　大丈夫?　ちょっと、朝陽くん、心美ちゃんに謝んなさいよ!」

　そこに桃菜ちゃんも参戦した。

　何かを察したらしい桃菜ちゃんは、なぜか朝陽を叱っている。もしかして、私が怖がってると思ったのかな。

「はぁ?　なんで俺が謝んなきゃなんねぇんだよ。意味わかんねー」

「そりゃ、乙女心を傷つけたことに対してだよ!　心美ちゃんの気持ちも考えずに……この、キス魔!」

「桃菜、落ちつけ。藤原さん、大丈夫?」

　この騒ぎに、教室にいたSkyblueのメンバーが集まる。修羅場と化した空間は、騒がしい。

　フリーズしていたけど、その光景を見て、はっと我に返る。私、何してるんだろ。

「だ、いじょうぶ……ちょっとトイレ行ってくる!」

「え?　心美ちゃん!?」

　私は耐えきれなくなって顔を隠すように席を立つと、教室を出た。

　みんなの視線が私に向かったけど、それは無視。とにかく私はひとりになりたくて、近くにあったトイレの個室に駆け込んだ。

「はぁ、はぁ……朝陽は何を考えてるのよー……」

　ドアを閉めた途端、力が一気に抜けてズルズルとしゃがみ込む。

　よ、よかった……。こんな顔、朝陽に見せられないよ。

　スマホをポケットから取り出して顔を見ると、真っ赤に染まっていた。

　もし、もしも……あのままキスしていたら……。

　ツン、と唇に指を当ててみる。

「わーっ！　まだ告白もできてないのに、なんでキスばっかすんの！　キス魔！」

　桃菜ちゃんが言ったようなセリフを小声で言うと、顔を俯かせる。

　心臓がドキドキと激しく脈打っていて……。

「はぁー……私の気持ちもそろそろ限界……」

　改めて、自分の気持ちの大きさに気づいた。

　私はやっぱり朝陽が好きで、ずっと隣にいたいんだって。さっきは朝陽に聞かれたから否定しちゃったけど、本当は石崎さんに嫉妬してたんだ。

　しかも、自分では気持ちのコントロールができないほどになっていた。

　"好き"の気持ちが溢れて止まらない。

　もう……文化祭の時に告白して、ちゃんと自分の気持ち

を伝えよう。

「うん。このままじゃ、よくないよね。気持ちにケリをつけなきゃ」

　個室の中で、ひとり言を言う。それは、朝陽に想いを伝える覚悟を、再び決めた瞬間だった。

　──キーンコーンカーンコーン……。

　今日の最後の授業が終わり、先生が教室を出ていった瞬間、あたりがザワザワと騒がしくなる。

　私はというと、さっき石崎さんに頼まれたプリントに絵を描いていた。

　とにかく早く仕事を終わらせて、帰りたい。

　締め切りは明日の放課後までなんだけど、先生になるべく早く提出をお願いされたから、今日中には終わらせたい。

　じつは、あのあと教室に戻ったら、裏方の仕事を少し頼まれた。なので、まだ仕事は残ってる。

　みんな気合いが入っているから、私ひとりのせいで迷惑をかけたくない。とにかく急がなきゃ。

「まだその仕事終わんねぇの？」

「え？　あ、うん。もう少しで終わるんだけど。もうちょっとだけ待ってて」

「俺はべつにいいけど」

　朝陽は眠そうにあくびをする。

　つーか、朝陽は文化祭の仕事はないわけ？　さっきから、ずっとあくびをしているけど。

「ねぇ、朝陽は仕事ないの？」

「あ？　俺、ジャンケンで負けたから、当日に執事役をしなきゃなんねぇんだよ。仕事はそれだけだから、とくに準備作業はねぇな。心美をひとりにしたくなかったから断ったが、押しつけられた」

　淡々と話す朝陽からは、少しイラつきが垣間見える。

　執事の格好をした朝陽は、すごくかっこいいだろうな。

　私は調理担当だからメイド服を着ることはないけどクラスのメイド役の人、ちょっと羨ましいかも。

「なに笑ってんだよ」

「べつに〜。朝陽の執事どんな感じかなって思っただけだよ」

「余計なこと考えてねぇで、早く終わらせろ。お前は今、狙われてんだからな」

　イラつきが増したのか、そんな脅しまでかけてきた。

「狙われてるとか教室で言わないでよ。それに、今はそのこと関係ないじゃない」

「いーや、こうやって放課後になって生徒が少なくなったタイミングで、襲ってくるかもしれねぇだろ。一瞬たりとも気を抜くなよ」

「……はいはい」

　私はそんな朝陽に目を向けたあと、絵をまた描き始める。

　最近は、ことあるごとにcheaterの話題を出してくる。心配なのはわかるけど、私はそこまで子どもじゃない。

　心の中で文句を言いながら絵を描いていると、それから

ほどなくして終わった。

「ふぅー。終了。朝陽、終わったよ……って、寝てるし！」

　トントン、とプリントをまとめて隣を見ると、机に突っ伏して朝陽は寝ていた。

　……どれだけ眠いの。

　サラサラのピンク髪を眺める。スースーと気持ちよく寝息を立てている朝陽は、子どもみたいでかわいい。

　毎日一緒に暮らしてるけど、寝顔をよく見ることってないな。じっくり見たのは初めてかも。

　まつ毛長いなー……。羨ましい。

　そんなどうでもいいことを思いながらクラスを見渡してみると、誰もいなかった。

　桃菜ちゃんや小川くんたちもいなくて驚いたけど、時計を見たら納得した。

　だって、時計の針は午後５時をすぎていたから。

　スマホをチェックすると、桃菜ちゃんから【先に帰るね】とメッセージがあって、グループトークにもチラホラと同じようなメッセージがあった。

　どうしよう。

　先生に先に出してこようかな。

　朝陽、気持ちよさそうに寝ているし。

　起こすのも気が引けるし、少しくらいなら朝陽から離れても大丈夫だよね？

　よし！

　そう思った私はそーっと席を立って、プリントを職員室

に持っていこうと教室を出る。

　なんだかいけないことをしている気分だけど……。朝陽には、あとで謝っておこう。

　私は1階にある職員室につくと担任の先生にプリントを渡して、「失礼します」と言って教室を出た。

　仕事が終わり、肩の荷が軽くなって気持ちに余裕が出てきたので、ジュースを買いに行こうと教室とは逆方向に向かって歩き出す。

　小銭はポケットに入っているから、体育館のそばにある自販機へ向かうことにしたのだ。

　なんのジュースを飲もうかなー、とルンルン気分で歩いていると、後ろから複数の足音が聞こえて立ち止まる。

　なんだろう、と思いながらおそるおそる振り返ると、

「ねー、コイツ？　工藤くんの幼なじみってのは」

「そう。こんな地味女が工藤くんの隣にベッタリで目障りなのよねー」

　いつの間にか、メイクをバッチリ決めた5人のギャルが私を囲むように立っていて、怖い目で私を睨んでいた。

　……え、誰？　この人たち。

　いきなりのことだったので、私はギャルを見て呆然と廊下に突っ立っていた。

　あ……思い出した。

　この人たち、石崎さんの友達だ。

　私は、5時間目の授業のことを思い出す。見たことがない人もいるけど、2〜3人はさっき教室で見かけた。

「ねぇ、ちょっと聞いてる？　あんた、工藤くんの幼なじみって本当？」

「……そう、ですけど……」

　リーダー格っぽいギャルが前に出てきて私に顔を近づける。そして、まるで邪魔者を見るような目でギロッと睨んできた。

　ひっ、と声が出そうになるのを必死でこらえて後ずさる。

　ギャルに答えた私の声は、とても震えていて小さい。

「ふーん。ほんとなんだ。工藤くんが、こんな女を相手にするわけないわよね」

「……え？」

　私をバカにしたような目で見てクスッと笑う。

　その笑った顔を見て、手足がガタガタと震え出す。

　だって……似ていたから。

　私を人として見ていない、親戚のおばさんや姉妹たちみたいな目をしていた。

　ゾクリ、と背中に寒気が走る。

　目の前がだんだん真っ暗になって、何も考えることができなくなった。

「……はぁ、はぁ……」

　呼吸も浅くなってきて、何度も浅い呼吸を繰り返す。

　なんで……。なんでこの人たちは私に絡むの。

　私、何かしたっけ。何も悪いことはしていないよ。

　それに、なんで朝陽と幼なじみだってだけで、こんなに責められなきゃいけないの。

　もう、嫌……。

　気をつけていたつもりなのに、結局いつも面倒なことに巻き込まれる。

　朝陽……。

「えー？　大丈夫ー？　ギャハハ！」

　私を見て笑うギャルは、悪魔にしか見えなかった。私は胸を手で押さえてうずくまる。

「おい、何してる？」

「えっ」

　すると、ギャルの後ろから低い声がして、ギャルが一斉に振り返る。

　顔を上げると、ギャルの後ろには怖い顔をして立っている……。

「あ、さひ……なんで……」

　朝陽がいた。

　朝陽が、なんでここにいるのかわからない。頭の中が混乱していて思考回路が完全に止まってしまった。

　……朝陽を見て、ほっとしている自分がいた。

「工藤くん……あの、これは」

「心美に何をしているか聞いてんだよ！」

「や、あの……い、行くよ！」

　朝陽を見てうろたえたギャルたちは、言葉に詰まると一斉に逃げ出した。

「朝陽……」

「ったく、なんで俺を起こさないんだよ。起きたら心美は

いないし、廊下で絡まれてるし」

「あ、ありがとう……」

　朝陽の手を掴み、なんとか立ち上がる。その途端、ぎゅっと抱きしめられた。

　──ドキッ！

「朝陽？」

「アホ」

「へっ？」

　戸惑っていると、アホという言葉が聞こえて聞き返す。朝陽は私を優しく包み込むように抱きしめている。

「なんで俺のそばから離れた」

「ごめんなさい……」

「はぁー……怖かったろ。大丈夫だからな」

　私の頭を優しく撫でると、少し離れてコツンと私のおでこに朝陽のおでこをぶつける。

　その感じがなんかくすぐったくて。

　おでこからジンジン、と熱が伝わってくる。

　恥ずかしいはずなのに、なんだか心地よい。

　ああ、私は朝陽に守られてるんだなって思った。

「帰るか」

「うん」

　朝陽は私から体を離すと、さりげなく手を握ってきたので、手をつないだまま一緒に教室へと戻った。

Heart 4

危険な文化祭

「心美ちゃん、ホットコーヒー注文入ったよー」

「はーい。今いれまーす」

　朝から調理室は慌ただしい。

　私はコーヒーをいれると、メイドさんに手渡した。

「ふぅ……」

　今日は、高校生になって初めての文化祭の日。昨日は生徒だけで行い、２日目の今日は一般のお客さんが来ている。

　私のクラスのメイド喫茶は、イケメンや美人が多いという理由で朝から繁盛しており、調理室はてんやわんや状態。

　でも、この時間のシフトが終われば仕事は終わる。

　今は午後１時を回り、お客さんも少し引いてきたところ。

　朝陽は午後に連続でシフトを入れているため、午前中に一緒に回って文化祭を楽しんだ。朝陽が解放されたあとは、後夜祭と残りの時間を一緒に過ごす予定。

　そして……後夜祭で私は朝陽に告白することを決めた。

　自分の気持ちを……伝えるんだ。

「よし、仕事仕事！」

　私は気合いを入れ直して、またドリンクを作り始めた。

「お疲れ様ー。藤原さん、もう上がっていいよー」

「はーい」

　なんとか自分のシフトを乗りきり、最後の仕事が終わった。クラスの人に声をかけられ、私は上がらせてもらうことに。

　今日は一般の人が学校に入れるから、cheaterが来るかもしれない……と朝陽は言っていた。だけど、今のところ何事もなく、順調に文化祭は進んでいる。

　そのためか、私はすっかり気が緩んでいて警戒心がなくなっていた。

「心美ちゃん、朝陽くんがシフト終わるまで一緒に回ろーよ」

「うん！　そうしよ！」

　桃菜ちゃんも同じ時間のシフトだったので、ふたり一緒に制服に着替えて文化祭巡りをすることに。

　回る前にチラッと教室を覗いてみると、朝陽は超真顔で接客をしていて、桃菜ちゃんとめちゃくちゃ笑った。

　だけど、そんな顔をしていても朝陽はモテるらしく、他校の女子に囲まれていた。

　その光景に少し胸が痛むけど、気にしない。気持ちを切り替えて、桃菜ちゃんと文化祭を回った。

「ねー、朝陽くん、あんな真剣な顔をしてもモテるなんて罪よねー。でも、あんなの気にしなくていいからね！」

「あはは……。大丈夫だよ」

「ほんとに？」

　桃菜ちゃんには、『今日、告白する』と言ってあるので、私があの光景を見て落ち込んでいると思ったのだろう。

　廊下を歩きながら私を励（はげ）ましてくれた。

「うん。朝陽がモテるのは今に始まったことでもないし？」

「それは言えてる！　いやー、モテモテな幼なじみを持つのも大変だねー」

　ニマニマと楽しそうに桃菜ちゃんは笑う。その顔は完全に楽しんでいて、呆れてしまうほど。

「も〜、あんまり楽しまないでよねー。これでも、いちおう緊張してるんだからー」

　私は朝から緊張していて、まともに朝陽の顔を見ることができなかった。前と同じくらい、いや、前以上に緊張していた。

「はいはい。ちゃんと応援してるから。この前みたいに失敗しないでよ？」

「うっ、が、頑張ります……」

　この前……か。あの時は、たしかにcheaterの邪魔が入って告白に失敗したけど、今日はたぶん大丈夫。

　cheaterさえ襲ってこなければ。

「ねぇ、今日はほんとにcheater来るのかな」

　この前のことを思い出したせいで、急に怖くなった。cheaterが襲ってくれば、私は今度こそ無事では済まないだろう。

　何度か顔を見られてるし、ヤンキーには蹴りとかケンカを売っちゃったし。

「んー、それは大丈夫でしょ。冬馬もそこまで警戒してないし、もう文化祭終わるし」

「まぁ、たしかに。ところで桃菜ちゃんは、後夜祭に小川
くんを誘ったの?」

　桃菜ちゃんの話に納得したあと、話題を変えた。

　うちの学校の後夜祭は、キャンプファイヤーを行う予定。

　一緒に踊った<ruby>踊<rt>おど</rt></ruby>ったカップルや男女は、幸せになれるというジ
ンクスがある。そのジンクスのせいか、文化祭前後はカッ
プル誕生率が高い。

「うん。バッチリ!　冬馬のためにも、頑張ってオシャレ
したもんねー」

　えへへ、とかわいく笑う桃菜ちゃんは最高すぎて。恋す
る乙女はすごいな、と思った。

　一方の私は、いつもの黒髪にメガネ。

　とくにオシャレをしているわけでもない、地味な格好。
でも、私はこのままでもいいと思っている。

「心美ちゃんもオシャレすればいいのに。素顔のほうが絶
対に朝陽くんも喜ぶよ」

「ありがとう。でも、これは約束だから。破るわけにはい
かないんだよね」

「はー。律儀<ruby>儀<rt>りちぎ</rt></ruby>ね。まぁ、心美ちゃんがいいならいいんだけど。
とりあえず、今は文化祭を楽しもー!」

「うん!」

　そのあとは、桃菜ちゃんと一緒に文化祭を見て回った。

　……そして、悲劇は起こった。

「ごめん、ちょっとトイレ行ってくる！」

「了解。ここで待ってるね」

　出店をすべて回ったあと、桃菜ちゃんがトイレに行きたいと言ったので、トイレの外で待つことに。

　後夜祭が近づくにつれ、緊張が増す。その緊張を誤魔化そうと、スマホをポケットから取り出していじっていた。

　校内は文化祭が終わりに近づいているので、徐々に人が少なくなってきた。

　あー、朝陽に振られたらどうしよう……。

　そんなこと考えても仕方ないのに、どうしても考えてしまう。

　ダメだな、私。

「はぁ……」

　そして、ため息をついて顔を上げた時だった——。

「あ、コイツじゃね？　藤原心美って」

「え？」

　目の前には、見たことのあるヤンキーが２〜３人いて、何が起こったのかわからなくて反応が遅れてしまった。

　まわりのザワザワとした音が、だんだん遠ざかっていく。

　今、目の前に置かれている状況についていけていない。

　こ、この人たちって、もしかして……。

「誰？」

　緊張しながらも相手を睨む。この感じ、前に桃菜ちゃんを助けた時と同じような空気が流れた。

　今にも私を襲いそうな……そんな目で睨まれている。

　どうしよう。

　今、桃菜ちゃんはトイレだし、廊下にいる人も怖がっているのか、こちらに近づこうとしない。

　朝陽に連絡しようかとスマホを構えるけど、ヤンキーの圧がすごくて指が上手く動かなかった。

　……やばい。

　また絡まれた。しかも、今日はギャルじゃなくてたぶんcheaterの奴ら。

　ここで暴れたり、逃げたりしたらどんな目にあうか。それに、学校の生徒や一般の人を巻き込むことはできない。

　最悪なことが起こってしまった……。

　詰め寄られてジリジリと後ずさるけど、ドン、と壁に<ruby>か<rt>かべ</rt></ruby>背中がぶつかって、どうすることもできない。

　タラリ、と冷や汗が背中を伝う。

　朝陽……助けて！

「ちょっと、こっちにおいでー？　騒ぐんじゃねぇぞ」

「んぐっ……！」

　目の前のヤンキーは私にそう言ったあと、首元に手を強く当てた。

　逃げることもできなかった私はそのままその攻撃を受けてしまい、意識を手放した……。

　ここはどこ？

　車の中で意識を取り戻した私は、あたりをキョロキョロと見渡す。

　cheateherの人たちに連れられた私は、あのあと学校を出て、無理やり車に乗せられた。

　しばらく走ると、倉庫らしき建物の前で車は止まった。

　私は車から降りて、ぐるりとあたりを見渡す。

「総長！　Skyblueの姫を連れてきました」

　あたりを見回していると、ひとりの男が倉庫に向かって叫ぶ。

　総長って……cheaterの？

　私はゴクリ、と唾を飲み込む。

「思ったより早かったな。ご苦労さん。そのまま中へ案内しろ」

「了解っス」

　じーっと倉庫のほうを見ていたけど、総長の姿は見えなかった。代わりに、低くて大きな声が響いた。

　この声が、総長。

　その声には、聞き覚えがあった。

　暗がりで姿は見えなかったけど、声の低さでケンカが強い人だと一瞬でわかった。

「おい、俺についてこい。お前らは入り口で見張っとけ」

　緊張して固まっていると、私の隣にいたツンツンヘアの男が叫ぶ。その声の迫力に、思わずビクリと肩を揺らした。

　そんな私の姿を見て、ほくそ笑むヤンキーたち。

「じゃ、部屋に案内する。ついてこい」

「わ、わかった……」

　今は……言うとおりにしておいたほうがいい。私は完全

に逃げ道を失ってしまった。

「そこのソファに座れ。逃げようとしたって無駄だからな」

　部屋に連れてこられた私は、大人しくソファに座る。

　すると、私を案内したツンツンヘアのヤンキーが、私と目を合わせるなり隣に座ってきた。

「な、何よ……」

　私は体を強張らせて身構える。

　すると、彼はこちらに向けてすっと手を伸ばし……メガネを取った。

　とっさの出来事だったので、私は何もできなかった。

　油断した……！

「お前、メガネを外すとほんとにきれいな目をしているな。これは全部変装なんだろ？」

「……っ、そ、そんなわけないじゃない」

　変装していることを見破られて、ドキッとする。

　でも、cheaterのメンバーに顔がバレた以上、総長に情報が入っていてもおかしくはない。

　だけど、事実を受け入れたくなかったので、必死に隠そうと強がってみせる。

「いーや、情報が出回ってんだ。証拠の写真だってあるぞ？素顔のお前は相当な美女だってな」

「び、美女……？」

「ん？　お前、まさか自覚してねぇのか？」

　なぜか、ヤンキーに顔をしかめられた。

「は？」

——ガチャ。

聞き返した時にドアが開く音がした。

ドアのほうに目を向けると、見たことがある金髪頭のヤンキーが目に入る。

「晴空、お前、何もしてねーだろーな」

晴空っていう名前なのか。ようやく彼の名前を知ることができ、彼とドアのところに立っている別のヤンキーを交互に見る。

「なんもしてねーよ」

「ほんとか？」

「ああ。つーか、工藤は？」

朝陽の名前が出て、ピクッと反応する。朝陽がどうしたんだろう。

……私が学校からいなくなったの、気づいてくれたかな。

桃菜ちゃんトイレにいたし、大丈夫だよね。気づいてくれるよね。

なんで私はあの時、逃げなかったんだろう。

危険なことに巻き込まれると、いつもこうだ。

だけど今の私は、朝陽が絶対に助けに来てくれると信じて待っている。

朝陽なら……すぐに来てくれる。

「アイツはまだだよ。だけどチェンメ送ったからすぐに来るだろうな。それよりそこどけよ」

「はいはい。まったく……」

　晴空と呼ばれた男が動いたので、私はドアの横にいるヤンキーを睨む。

　私は、まだ朝陽の彼女じゃないし、告白もこれからするつもりだったのに。

　それでも『姫』ってだけで狙われるんだ。

「じゃ、ちょっくら下見てくるわ」

　晴空は私を見てにこりと笑うと、そのまま部屋を出ていった。私も隙を見て逃げ出そうと思ったけど、それは無理だと悟った。

「おー、いい目、してんじゃねーか。さすが工藤の彼女だな」

「ねぇ、あんた誰？　もしかして山本？　私をさらった目的は何？」

「そうだ、俺が山本だ。お前、相当な美女らしいな。うちの下っ端が見たって騒いでたな」

　コイツが山本。暗がりではっきり見えなかったけど、前に会ったときに聞こえた声、それに雰囲気も似ている。

「話、そらさないでよ。それに、美女じゃないし！」

　山本が隣に座ると、じーっと私の顔を見てくる。その顔がなんか嫌らしくて、気持ち悪い。

「へぇ。無自覚か。そりゃ、余計にそそられるな」

　スッと手が伸びてきたかと思えば、私の髪をすくい上げる。

「お前を襲った目的、教えてほしいか？」

「……ひゃ！」

　サラッと髪を落とすと、今度は山本に首をつーっと触ら

れて体がビクッと跳ねる。

　びっくりしたせいで、変な声が出てしまった。

　逃げたいけど、山本が怖くて、手も足も上手く力が入らなくてされるがままになってしまう。

　ヤダヤダ、朝陽以外に触られたくない！

「も、目的を早く教えてよ」

「そうだなー。このまま教えてもいいが、おもしろくないな。そうだ、その前にキスさせろよ」

「は!?　絶対に嫌！」

　に、逃げなきゃ！

　話が、とんでもない方向に行ってしまった。

　どうしてキスをするって話になんのよ！

　意味わかんない！

「ほら、一瞬で終わるから。そしたら目的を教えてやるよ」

　私は逃げようと足に力を入れて立ち上がろうとした。だけど山本に押さえつけられて、ソファに押し倒される体勢になった。

「……っ、やだ！　なんでこんなことするの！」

「いーから大人しくしとけ！　すぐにすむからな」

　そう言ったあと、だんだんと顔を近づけてくる。

　私はキスをされないよう必死で顔を横に向けようとするけど、山本に両手をガッチリと固定されていて、その程度の抵抗では意味がない。

　男の力に敵うはずもなく、山本の唇が近づいてくる。

「あ、あ……朝陽……助けて――！」

　私が最後の力を振り絞って朝陽に助けを求めた時。

　――ブォン、ブォン……。

　どこからかバイクの音がして、山本の唇が触れそうなスレスレのところでピタッと顔の位置が止まる。

　……助かった……。

「ちっ、来るのが早すぎなんだよ。いいところで来やがって」

　山本はお怒りモードだけど、私はほっと胸を撫でおろす。

「おい、ちょっとついてこい。いいもん見せてやるから」

　体を起こすと腕を掴まれ、無理やり外へ連れていかれた。

　朝陽……助けに来てくれた。

　バイクの音だけでわかる。朝陽が助けに来てくれたんだと。

　それくらい、朝陽のバイクが好きになっていたんだ。

「晴空、アイツらが来たのか？」

　部屋を出ると、山本は晴空に声をかける。晴空は入り口にいて朝陽を待ち構えているように見えた。

「みたいだな。思ったよりも早かった。ちゃんと藤原も連れてきたな」

「当たりめーだろ。人質を部屋に置いとくバカがいるか？ いい見せしめになるな」

「……」

　見せしめ……。そうか、私は見せしめのために連れてこられたんだ。全国ナンバーワンの肩書きを持つ朝陽を倒すためには私が必須だったというわけか。

　ようやく目的がわかり納得した。

　まだ姫ではないけど、朝陽の一番近くにいる女の子は私だけだから。

　だから、私を狙ったんだ。

　——バァン！

「来たな……！」

　あれこれ考えていると、扉が勢いよく開いて……。

「心美っ！」

　朝陽が……Skyblueのみんなが見えた。

最後の闘い

「みんな！」

　私はたまらず声を出して駆け寄ろうとしたけど、腕を掴まれていたことを思い出す。

　うー……最悪。

　腕が抜けない。

　山本の力が強すぎて腕はビクともしない。

「心美！　無事か！」

「朝陽……みんな」

　朝陽の姿を見てほっとした。その瞬間、涙が溢れそうになる。

　朝陽がいるだけでこんなにほっとする。

「役者は揃ってるみたいだなぁ。工藤」

「やっぱり山本か。ここ最近、Skyblueのまわりをウロウロしてたみたいじゃねーか。文化祭にまで乗り込んできやがって。許せねぇ。心美を返せ！」

　——ドキッ。

　こんな状況なのに、朝陽のセリフを聞いてドキッと胸が高鳴る。

「タダでは返せねぇな。そっちは人数少なくねぇか？　こっちのほうが有利だな」

「人数少なくて悪かったなぁ。お前らを倒すのはこの人数で事足りるんでね」

　改めてSkyblueのメンバーを見てみると、小川くん、伏見くん、渉くん……などいつものメンバーがいて、朝陽を入れても6人しかいなかった。

　少し心配したけど、私は彼らが強いことを知っている。だからcheaterがどんな人数で攻めても、必ず勝てると私は思っていた。

「へぇ。いい度胸してるじゃねーか。おい、お前ら、やれ！」

「「「うぉぉぉ！」」」

　山本のかけ声とともに、まわりにいたcheaterのメンバーたちが一斉に朝陽たちに向かって襲いかかる。

　両脇から人が流れ込んでくる。

　私は、思わずぎゅっと目をつむった。

　──ドカッ、バキッ！

　人を殴るような鈍い音がしてそっと目を開けると、朝陽たちはcheaterのメンバーをなぎ倒していた。

　ひとりで大人数に囲まれているのに、敵をサラリとかわしては急所にパンチを入れたり、蹴りを入れたりしている。

　前にも朝陽の戦っている姿を見たけど、改めて見るとすごく強くてかっこいい。

　他のみんなも、朝陽と同様に強かった。

　あっという間に、cheaterの半分以上を倒してしまう。

「ふーん。やるじゃねーか」

「こんなん序の口だよ。どいつもコイツも弱っちいな。心美を離せ」

「そうだなー。お前を倒してから考えてやるよ。晴空、コ

イツを見張っとけ」

「はいよ」

「痛！」

　山本は乱暴に私を離すと、晴空に手渡す。あまりにも乱暴に扱われ、腕にズキッと痛みが走った。

「心美ちゃん、大丈夫!?」

　そんな私を見て、渉くんが声を上げる。

　ふと顔を上げると、渉くんはひどく心配したような表情で私を見ていた。

「だ、大丈夫！」

　なんとか渉くんに答えて朝陽のほうを見る。朝陽は山本を睨んでいて、すごく怖い。

　これが、噂のタイマンというやつ？

　桃菜ちゃんから話は聞いていたけど、ここまで迫力があるとは思わなかった。まさか、自分の目の前でこんなタイマンが行われるとは……。

　朝陽以外のみんなは、まったく動こうとしない。

　じっと朝陽を見ていて、手を貸すような様子はなかった。

「おー、１対１でやってやろーじゃねか。おもしれぇ。俺がお前を倒したら、この女と全国ナンバーワンの肩書きはいただくぜ」

「心美はお前にはやんねえ。それに、山本には負ける気なんてサラサラねーからな。全国ナンバーワンの肩書きは嫌いだが、お前らには渡すつもりはねーよ」

　朝陽……。

　かっこよすぎでしょ。この状況で、サラッとそんなこと
を言っちゃうなんて。

　頼もしすぎる。

　不覚にもキュンと胸が甘く高鳴る。

　こんな時でも、朝陽にしか意識が向かない。

「じゃー、行くぜ!」

「望むところだ!」

「うぉぉぉ!」

　山本のかけ声が開始の合図になって、ふたりとも一斉に
走り出す。

　──パァン!

　お互いの拳と手のひらがぶつかって、周囲に乾いた音が
響く。朝陽の目は、まっすぐ山本を見据えていた。

「ちっ……」

　山本が舌打ちをしたかと思えば、するりと朝陽の目の前
から離れる。

　え、何をする気なんだろう。

「うおっ!」

　後ろから攻撃しようとしたのか山本は背後を狙ったよう
だけど、朝陽はサラリとかわす。

　ゴクリ、と固唾をのんで闘いの様子をうかがう。

「山本、これで最後だ」

「うわぁぁぁ!　いってぇ……」

　朝陽は山本の背後に回り、腕でゴツッと1発お見舞いす
ると、山本はドサッとその場に倒れた。

　……終わっ、た……？

　ぱちぱちと瞬きをして朝陽を見る。

　すると朝陽は顔をゆっくりと上げ、私を捉えると同時に、にっこりと笑う。

　……勝ったんだ……。

「さっすが朝陽！　お前はやっぱりつえーよ！」

「朝陽くん、すごい！」

　しばらく沈黙していたみんなだったけど、朝陽に駆け寄ってもみくちゃにしている。

　私は、ほっとして足の力が抜けた。

「ちっ、バカ力が」

「わっ！」

　後ろで晴空の声がしたかと思えば、腕を突き放す。その反動で私は床にコケそうになる。

「心美！　大丈夫か？」

　すかさず朝陽が私の元に駆け寄り抱きかかえる。

　久しぶりにそのぬくもりを感じたかのような懐かしさが込み上げた。

　一連の騒動が無事に終わったことと恐怖が混ざり合い、気持ちがぐちゃぐちゃになっていた。

　私は、朝陽に抱きしめられながら涙を流した。

「よかった……心美が無事で……」

「ご、めんなさい……う、ひっく……」

　嗚咽が漏れ、途切れ途切れになる言葉。だけど、そんな私の頭を朝陽は優しく撫でてくれる。

「はー……心美は危なっかしいな。一緒にいるといつもハ
ラハラさせられる」

「……う、すみません……」

　最近は襲われてばっかりだから、そんなことを言われた
らぐうの音も出ない。

「はいはい。ラブラブなのはわかったけど、そういうこと
はよそでやってよな」

　パンパン、と手を叩く音が響くと、伏見くんが私たちを
見おろして呆れたような目で見ていた。

　……ラ、ラブラブって……！

　そうだ、みんな見てるんだった！

　今さらながらそんなことに気づき、ガバッと顔を上げる
と、みんなはニヤニヤと笑っていた。

　かーっと全身が熱くなるように感じて、一気に恥ずかし
さが込み上げる。

「うっせーな。いいだろ？　俺がケリをつけたんだ。再会
のハグくらいなんてことないだろ」

「なっ！　あ、朝陽のバカァ！」

　なんて余計なことを言ったかと思えば、また私をきつく
抱きしめる。

　そのせいでドキドキと速まる鼓動。

　こ、この状況で、よくそんなことが言えるよね。

「はぁー。何を言っても無駄か。桃菜も学校で待たせてる
ことだし、俺らは先に帰るぞ。お前も、コイツらが起きる
前に早く帰れよ」

あ、そうだ。

桃菜ちゃん、てっきりここに来るかと思ったけど、桃菜ちゃんはいなかった。学校にいるんだ！

きっと、小川くんが学校にいろって言ったのだろう。

心配かけちゃったな。

桃菜ちゃんのことを思うと、ぎゅっと胸が苦しくなる。

「そういえば、小野寺もどっか行っちまったな。まぁ、ここまでやられればcheaterは解散するだろ。ここを出たら匿名で通報するから、すぐに警察も来るはず」

「け、警察!?」

朝陽の言葉にギョッとして聞き返す。まさか、朝陽の口から警察という言葉が出てくるとは思わなかったから。

「ああ。これが俺ら、Skyblueの目的だからな。これで少しは治安もよくなるだろ」

「そ、そっか。ならよかった……」

「じゃー、先に行くぞ」

みんなは、ぞろぞろと出口に向かって歩き出す。

私はそれを見て、ありがとう……とつぶやいた。

「心美、ほんとに何もされてないか？」

みんなを見送ったあと、タイミングを見計らって私に聞いてくる。

包み込むようにそっと手を握って、私の無事を確かめた。

「大丈夫だよ。何もされてない」

「……はぁ。よかった……心美を助けることができて」

　……ありがとう……。

　朝陽は私のヒーローだよ。いつも私を助けてくれて。いつもそばにいてくれた。

　私の……大好きな人。

「なぁ、俺、心美のことが……」

　朝陽は私の目を見ると、真剣な声で話し始める。

「ストップ。それ以上は言わないで」

　だけど朝陽が何を言うかわかってしまった私は、それを止めた。

　ほんとは、うすうす気づいてたんだ。

　朝陽の気持ち。だけど、私はそれに気づかないフリをして。勘違いだと思っていた。だけど違った。

　この気持ちは……私から言いたかったから。

　いつも助けてもらってばかりの私。だから、せめて私から思いを伝えたかったから。

「は？　なんで？」

　そのことに気づいていないのか、朝陽は意味がわからないと言わんばかりに首をかしげている。

　はぁ……朝陽って、変なところで鈍いんだよなぁ。ちょっとは、こっちの気持ちに気づいてよ。

　バカ。

「とにかく、それ以上は言わないで。私から……伝えたいから」

　勇気を振り絞って言った言葉。さすがに、ここまで言って気づかないことはないよね。

　そーっと顔を上げてみると、

「……っ！」

「わかった……」

　朝陽は顔を真っ赤に染めていた。頭のピンクに負けない
くらい赤く染めていて、私はそれを見て驚く。

　いつも余裕しゃくしゃくな朝陽が、こんな顔をするなん
て思ってもみなかったから。

　それを見た私は、なんだか安心して──朝陽に抱きつい
た。

　朝陽は私を受け止めると、力強く、でも優しく抱きしめ
返す。

　……トクトク……。

　心臓が心地よくリズムを刻み、私なら大丈夫、と思った。
朝陽なら……私の気持ちを受け止めてくれると信じた。

「よし。警察が来る前に、学校へ戻るか」

「うん！」

　ふたりで見つめ合い、ふふっと笑う。それからは朝陽の
バイクで学校に戻った。

想いよ、届け

　ザワザワと騒がしい教室。朝陽と並んで私はそーっと教室のドアを開けた。

　——ガラガラ……。

　するとクラスメイトの視線が一気にこちらに向かってくる。

　う……。

　この視線、何回向けられても慣れないなぁ……。

　笑うしかないよね。あはは……。

　朝陽と一緒に教室に入るたびに、向けられるこの視線。なんとかならないかな。

　私は萎縮しながらも、キョロキョロと教室を見渡す。桃菜ちゃん、いるかな。

　心配かけちゃったから、一番に謝りたいと思っていた。

　時刻は午後４時をすぎている。

　みんな閉店の準備をしていた。注がれる視線がたまらなかったけど、なんとか教室の中に入って手伝うことにした。

　私が連れ去られたことは、みんな知らないらしい。

　そのことを聞いて、ほっとした。

「こ、心美……ちゃん……？」

　朝陽から離れて調理室の片づけをしようと向かっている途中、誰かに呼び止められて振り返る。

　そこには、制服を着ている桃菜ちゃんが立っていた。

「桃菜ちゃん……」

「心美ちゃんだ！　よかった！　無事だったのね！」

　桃菜ちゃんの名前を呼んだ瞬間、思いっきり抱きしめられる。そして、心底安心したように私の背中を何度も撫でてくれた。

　……こんなに、心配してくれてたんだ……。

「ごめんね、心配かけて」

「……ううん、私のほうこそトイレに行きたいとか言ったせいで……心美ちゃんが……ごめんね！」

「桃菜ちゃん……」

　ぎゅうっと力強く抱きしめてくれて、ほっとする。私、桃菜ちゃんと友達でほんとによかったなぁ……。

「大丈夫？　ほんとに何もされてない？」

「大丈夫！　朝陽がちゃんと守ってくれたよ！　……く、苦しい……」

　私は安心させるように答えたのに、さらに桃菜ちゃんの力が強くなった気がして、思わず唸り声を上げる。

　メガネも落ちそうになったところで、ようやく腕を離してくれた。

「ごめん……安心して、つい、ね」

　てへっ、とかわいく舌を出して笑う桃菜ちゃん。その顔を見て、こっちまで安心する。

「それで？　朝陽くんとはなんかあったの？　告白はした

の？」

　桃菜ちゃんと並んで廊下を歩く。

　一緒に調理室に向かうことにした私たち。話はいつの間にか、私の告白話になっていた。

　告白はまだ、だけど……。

「ううん、まだ。だけど、今日の後夜祭で告白する。朝陽にそう予約したからね」

「そっかぁ！　じゃあ、頑張らなくちゃね！　めいっぱいオシャレして、後夜祭楽しんじゃお！　私に任せてよ」

　桃菜ちゃんが応援してくれて、俄然(がぜん)やる気が出た私。桃菜ちゃんはメイクと髪のセットをしてあげると言ってくれたので、早く片づけを終わらせなくちゃ！

「あ、そういえば、cheaterのメンバー、全員警察に捕(つか)まったらしいよ」

「え？　そうなんだ。よかったぁ……」

　調理室についてゴミの片づけやら掃除(そうじ)をしていると、桃菜ちゃんが突然話してくれた。

　あのあと、警察があの場所に来て全員逮捕(たいほ)されたらしい。

　cheaterはもともと警察に目をつけられていたらしく、すぐに対処されたんだとか。

　桃菜ちゃん、相変わらず情報が回ってくるの早いな。

「ねー、これで安心して、心美ちゃんは朝陽くんの隣にいられるね」

　ニマニマと楽しそうに笑う桃菜ちゃん。

　……なんか恥ずかしい……。

「安心ね……。でも、私の告白が成功するとは限らないよ？
まだ、朝陽の気持ちを確認したわけじゃないし」

　朝陽の気持ちはなんとなくわかった。でも、それが本当
かどうかはわからない。

　もし、勘違いで私のことは遊びだったと言われれば、も
う一生恋なんてできないし、立ち直れないよ……。

「それは大丈夫だって言ってんでしょ！　もう少し自分に
自信を持ちなさいよ。なんなら、今日の告白の時、変装を
解いて言ってみたら？」

「へ、変装を解く!?」

　とんでもない提案が出てきて、危うくゴミ袋を落っこと
しそうになった。

「ちょ、変装のこと、大きな声で言わないでよ。朝陽に怒
られる！」

　桃菜ちゃんの口を塞いで、キョロキョロとあたりを見渡
す。だけど、調理室には私と桃菜ちゃんしかいなかったの
で、誰にもこの会話は聞かれていなかった。

「……ぷはぁ！　ごめんって。まぁ、変装を解くのは無理か。
でもメガネを外すくらいなら大丈夫なんじゃない？」

　ツンツンとメガネの縁をつつく、桃菜ちゃん。

　──メガネを外す。

　考えてなかったな……。

「髪は私がセットするんだから、せめてメガネくらいとっ
て自分に自信を持ちなさい。いい？　これは没収するか
らね！」

「ああ、私のメガネ！」

　メガネを外されて慌てる私。

　こういうこと、前日にも朝陽にもされた記憶が……デジャブ？

「よし。そうと決まれば、さっさと片づけ終わらそう。後夜祭は６時からだから」

「……はーい」

　メガネのことは諦めて、片づける手を速めた。

「はい、完成！　やだ、私って天才じゃない？」

　桃菜ちゃんに『完成！』と言われて、目をそっと開ける。

　目の前にある鏡に映を見ると、まるで別人のような雰囲気をまとっている私がいた。

　あれから片づけを終えた私たちは、ふたりきりで空き教室へ行き、桃菜ちゃんに髪のセットをしてもらっていた。

　あれやこれやとされるがままに身を任せていたら、あっという間に終わり、見事に私を変身させてくれた。

「嘘、これが私？　桃菜ちゃん、天才だよ！」

　小さな手鏡を見て興奮する。髪は緩く巻かれていて左サイドに髪ゴムでひとつにまとまっていた。さらに編み込みもされていてかなりガーリーな感じになっている。

　こ、このセットを短時間で終わらすとか……桃菜ちゃんの女子力半端ない！

「へへっ。ついでにメイクもしちゃおっか」

「メ、メイク？　私、メイクなんてしたことないよ？」

　さらに桃菜ちゃんは、カバンの中からガサゴソとメイクポーチらしきものを取り出す。

　桃菜ちゃんの勢いに、少し躊躇ってしまうけど、桃菜ちゃんはする気満々。

「だから、これを機会にメイクをするんでしょー。メイクにはすごい力があるんだからね！」

「力？」

「そう。メイクをするだけで自分に自信が持てるのよ。朝陽くんにかわいいって思ってもらえるように。ちょっと手を加えるだけ。それだけで気分は上がるんだから」

　自分に自信が持てるようになる……。

　メイクをして、ほんとにそうなったらいいな。今までひどい扱いを受けてきた私だから、少しでも……変われるといいな。

　今もものすごくドキドキしている。

　前に告白しようとした時よりも何倍も。

　なんて言おうかは決まっているけど、振られたらどうしよう、とか後夜祭来てくれなかったらどうしよう、とか余計なことをぐるぐると考えてしまう。

「ねぇ、桃菜ちゃん……」

　メイクも無事に終わり、桃菜ちゃんをそっと見る。

「ん？」

「わ、私に頑張れって言ってくれる？」

　不安が大きすぎて、ちゃんと告白できるか心配な私。桃

菜ちゃんに頑張れって言われたら私は……きっと頑張れる。

「うん、もちろん！」

　桃菜ちゃんは元気よく頷くと、私をそっと抱きしめて、

「頑張れ。心美ちゃんならきっと大丈夫！」

　そう、励ましてくれた。

　その言葉で心が温まり、勇気づけられる。

「ありがとう！　頑張ってくる！　桃菜ちゃんも楽しんでね！」

「うん！　お互い、最高の文化祭になるようにしようね」

　後夜祭前。

　私は桃菜ちゃんと、そう約束をした。

　時刻は午後の５時50分。

　私はキャンプファイヤーが行われるグラウンドの隅っこにいて、朝陽を待っていた。

　ドキドキと高鳴る胸をぎゅっと押さえて、深呼吸を何度も何度も繰り返す。

「心美！　待った？」

　その時、後ろから声をかけられて振り向くと、そこには朝陽が息を上げながら立っていた。

「あ、朝陽！　お疲れ様！」

「お、おう。お疲れ様」

　そしてそれだけ言うと、じーっと私を見てくる。その熱っぽい視線にドキドキしながら、私も朝陽を見た。

「ど、どうしたの？」

「いや、なんか髪型変わった？　それに、メガネもかけて ねーし」

「……っ、これね、桃菜ちゃんにしてもらったの。へ、変だっ たかな？」

　暗がりでもわかる。朝陽が私のことを見ているんだって。

　6時に近いせいか、グラウンドには生徒が集まり始めて いてザワザワと騒がしい。

「めちゃくちゃ似合ってるよ。かわいいな」

　そう言うと、サイドにある髪をすくう。サラッと落ちて いく髪は温かかった。

　──ドキッ。

「あ、ありがとう……」

「ん」

　なんだか照れくさくなり、顔を下に向ける。

　だけど、私にはやらなくてはいけないことがあるので、 すぐに顔を上げた。

「朝陽、あのね……」

「「「キャー！」」」

　朝陽に告白しようと口を開いた時、他の生徒の叫び声に かき消された。

　何事？

　驚いて後ろを振り向いてみれば、キャンプファイヤーに 火が灯っていて、メラメラと勢いよく燃えている。

　それがものすごくきれいで。

　思わず見とれてしまった。

「きれいだな」

「……だね」

　しばらくふたりで炎（ほのお）を見つめる。

　キャンプファイヤーのまわりで踊っている生徒を見て、ああ、文化祭が終わるんだなと改めて感じた。

「朝陽……いつも私を守ってくれてありがとうね」

「あ？　なんだよ、急に」

「急じゃないよ。ずっと伝えたかったの」

　あの日……朝陽に助けられた日から私の生活はガラッと変わった。ふたりで暮らすようになってからは、いつも朝陽にドキドキさせられっぱなしで。

　だけどそれが心地よくて。

　ふたりでいることに慣れてしまったほど。

　ひとりでいるのは、とても寂しくて。ずっとずっと、朝陽の隣にいたいと思った。

　学校も楽しくて、仲間もできて。

　最高の学生生活を送ることができた。

　それもこれも……朝陽のおかげ。

「……朝陽、好きだよ。大好き。幼なじみとしてじゃなくて……ひとりの男性として」

　私は朝陽の目をしっかり見て、自分の気持ちを伝えた。

　告白しちゃったよ！

　ドキドキを通り越して心臓はバクバクしている。

「心美……」

「は、はい！」

　押し黙っていた朝陽が声を出す。返事を聞くのが怖くて私の声は裏返る。

　ひゃー！

　緊張しまくり。

　告白するってこんなに緊張するんだ……。

「心美、俺も……好きだ」

「わ、朝陽!?」

　朝陽は聞こえないくらいの小さな声でそう言うと、私を思いっきり抱きしめる。

　力強くて優しいその腕に、安心する。

「俺も、好きだ。心美……ずっと前から」

「え、ずっと前!?」

　朝陽の告白の返事を聞いて安心している一方で、『ずっと前から』という言葉にびっくりする。

　私の告白は……朝陽に届いたんだ。

　ほっとするのと同時に、そんな事実を聞かされた私は固まる。

「そうだ。だけど俺は……心美が離れていくことを止められなかった。何もできなかった。だから再会したら心美を守ろうと決めていたんだよ。あの"約束"を守れなくて悔しかった」

「……っ、朝陽……ありがとう……」

　温かい涙が頬を伝う。

　そんなに私のことを思ってくれていたなんて。こんなの

うれしすぎる。

「心美、泣くなって。な？」

　朝陽は私から離れるとペロッと涙をなめる。

「ひゃ！　な、何すんの……んっ！」

　びっくりしたけど、すぐに私の唇は朝陽のそれによって塞がれた。

　久しぶりに、朝陽の唇のぬくもりを感じる。

　なんだかクラクラして……最高に心地よい。

「朝陽……これからもずっと私のそばにいてね」

「ああ、どんなことがあっても、俺はもうお前を一生離さない」

　ふたり見つめ合って笑う。

　これから先も、どんなことがあっても私は朝陽のそばを離れない。

　どうか、この幸せが何年も、何十年先も続きますように。

After story

今夜、彼の腕の中

　その日の夜。

　私と朝陽は長い文化祭を無事に終えて、一緒にアパート
へ帰ってきた。

　朝陽に手を繋がれながら道を歩いていた時は、朝陽の彼
女になった実感がなくてふわふわしたままだったっけ。

　桃菜ちゃんには、メールで告白が上手くいったことを伝
えた。すぐに【おめでとう】というメッセージが返ってき
て少し照れくさかった。

　友達に祝われるって、こんなにもうれしいんだなぁ。勇
気を出して朝陽に告白してよかった。

「なぁ。今日、一緒に寝ない？」

「……へ？」

　ぼーっとそんなことを考えていると、朝陽に顔をのぞき
込まれ、そう言われた。

　いつもなら、そんなこと聞かないのに。

「な、なんでそんなことを聞くの？」

　内心ドキドキしながら朝陽に聞く。朝陽と一緒に寝るな
んて今まで何度もあったのに、今日はどうしてかドキドキ
がおさまらない。

「んー、今日はずっと心美の隣にいたいから？」

「え、なんで疑問形？」

　そんなことを言われてうれしいと思ったけど、直球すぎ

て１回では受け止めきれなかった。じつは、私も一緒に寝たいと思っていたけど……自分の口から言うのはものすごく恥ずかしい！

　赤くなっていく顔を隠しながら、ベッドに腰かける。

　すると朝陽も同じようにベッドに座り、じーっと私を見つめてくる。

　……そんなに見つめないで。

　俯きたくなったけど、それを我慢して朝陽の顔を見た。

「まぁ、心美が嫌じゃなければだけど……」

　私の心の中を読み取ったのか、朝陽が遠慮がちに口を開く。その言い方にキュンと胸が反応した。

「い、嫌じゃ、ない……よ？　私も一緒に寝たい……」

　だから、私はそれに答えたくて思いきって言ってみた。

「本当か!?」

　そ、そんなに喜ぶとは思わなかった……。私の返事を聞いてガッツポーズをする朝陽を見て笑う。

「ふふ、じゃあ私、お風呂入ってくるから」

「りょーかい！　俺はちょっと冬馬と話すからゆっくりでいーよ」

「はーい」

　そんな会話をして、私はお風呂場に向かった。

　ひとりきりになった瞬間、緊張から一気に解放され、ズルズルと床に座り込む。

「はー……ほんとに私と朝陽はカレカノになったんだ……

え、ってことは、これからは同居じゃなくて同棲ってことになるの!?」

　カレカノになった実感を噛みしめていると、ふとそんな考えが頭をよぎる。

　や、やだ。私ったら、何を考えてるの！

　ブンブンと頭を横に振り、変な方向に考えが行かないようになんとか抑える。

「へ、変なことを考えるのはやめよ！」

　気持ちを切り替えて私はお風呂に入った。

「気持ちよかったー」

　ホカホカと温まった体を拭いて、パジャマに着替える。

　朝陽にお風呂が空いたことを言ったあとに、髪をドライヤーで乾かした。

　そして……。

「ん、朝陽……大丈夫？　そっち狭くない？」

「大丈夫。心美、こっちにおいで」

　朝陽もお風呂から上がり、寝る準備が整うとふたりで一緒にベッドに入った。

　いつもより近くに感じる朝陽のぬくもり。

　ついさっきまで幼なじみの関係だったのに、カレカノになったってだけでドキドキが……。

「あー、やっぱり朝陽の腕の中が一番安心するよ」

「そうか？」

　朝陽に抱きしめられながら、幸せだなと思った。

　これって……すごいことだよね。

「ねぇ、朝陽。私のこと、好きになってくれてありがとうね」

「こっちこそ。こんな俺を好きになってくれてありがとうな」

　朝陽を見つめて、ピンクの頭をぽんぽんと撫でる。

「朝陽……大好き」

「ん、俺も」

　ふたりで想いを確かめ合ったあと、朝陽は私にキスを落とした。

　ベッドの中でするキスは破壊力抜群で、すぐに私の顔は熱くなる。

　だけど、なんだかくすぐったくて。ずっとこうしていたいな、なんて思った。

　お父さん、お母さん。

　私……大事な人を見つけたよ。これからも私のことを見守っててね。

　私は、幸せを望んではいけないのだとずっと思っていた。だけど……私はようやく幸せを掴んだ。

　朝陽の腕の中で私は再び彼を見上げると、朝陽も私を見ていて——。

　私たちは微笑み合った。

☆
☆
☆
☆

本書限定　番外編

変装なしは、危険です!?

　私が、Skyblueの姫になって数日が経過した。

　あの日、朝陽が敵チームの山本に勝ってから、cheater は解散した。

　そのおかげで、毎日が平和で、私も狙われることなく過ごしている。

　今は、昼休み。

　7月の学校の屋上は、太陽の光が降り注ぎ、とても暑い。

　私はコンビニのおにぎりを頬張って桃菜ちゃんと話をしていた。

「最近、朝陽くんとはどうなの？　Skyblueの姫になって数日が経ったけど……なんだか順調みたいじゃない♡」

「ま、まぁ、順調だけど……そんな面白がらないでよー。恥ずかしい……」

　桃菜ちゃんは私をからかうように、腕をつついてくる。みんなには聞こえない程度に、コソッと耳打ちしてきた。

　いったいなんだろう、と思って耳を傾けていたけど……面白がられてるだけだった！

「やっぱり告白は上手くいったでしょ？　私の読みどおり！　いいなー、付き合いたてって一番楽しい時じゃない！」

　楽しそうな桃菜ちゃんを見て、「あはは」と苦笑いする。

　私より楽しんでるんじゃないのかな……。

223 番外編 本書限定 223

　目をキラキラと輝かせながら私と朝陽を交互に見て、熱弁する桃菜ちゃん。

　私もつられて朝陽を見る。

　朝陽はサンドイッチを頬張りながら、小川くんと何やら話し込んでいた。その表情はなんだかかっこよくて。

　ぼーっと見とれてしまった。

「心美ちゃん、朝陽くんのこと見すぎ！　どれだけ好きなのよー」

　見とれていると、桃菜ちゃんに声をかけられ、はっと我に返る。

　やば。見とれてた!?

　恥ずかしー……。

「うー……だってー、朝陽がかっこよすぎなんだもん。地味な私とは不釣り合いだなって毎回思っちゃうくらい、イケメンすぎて……」

　私は、朝陽に気づかれないように視線を外す。

　赤くなっているであろう顔を、長い髪の毛で隠すように俯せると、ボソリとつぶやく。

　朝陽を見るたびに毎回思う。

　こんな自分、どうして朝陽の彼女なんだろうって。

　『前からずっと好きだった』って言われたけど、どうしても私はそのことが信じられなくて。

　自分にも自信が持てなくて。

　付き合って間もないのに、すでにこんなマイナスな考えに支配されている。

　朝陽とは同居はしていたけど、それとこれとはまた別で、このままで大丈夫なのかな、って思うようになった。

「そりゃねー。あんなイケメン幼なじみを持てば誰だってそんな気持ちになっちゃうよねー。あ、今は彼氏か」

　わざとつぶやくように言ったあと、にしし、と笑いながら言い直す桃菜ちゃん。

　もー……真剣に悩んでんのに、楽しまないでよー……。

「もう、桃菜ちゃんからかわないでよ！　真剣に悩んでるのに」

「ごめん、ごめん。でもさ、心美ちゃんはかわいいからそのままでもいいんじゃない？　なんならもう変装なんかやめちゃえば？」

　桃菜ちゃんにそう指摘されてドキッとする。かわいい、はスルーして、『変装』の言葉に反応してしまった。

「……私もそのこと言ったんだよ？　だけど朝陽がそれを許してくれなくて……」

　ペットボトルのお茶を飲みながら、朝陽を再び見る。

　小川くんとの話は終わってたみたいで、前を向いていた朝陽と目がバッチリ合ってしまった。

　視線が重なった瞬間、ドキドキと早く脈打つ心臓。顔もだんだんと熱くなっていく。

　朝陽は私と目が合うと、にっこり笑う。

　その笑顔に、私の心臓は、甘く……鳴り響く。

「なるほどね。朝陽くんの要望ってわけだったのか。そりゃそうよね。素顔のままで心美ちゃんが学校に来たら、

男が黙っていられないものね」

　桃菜ちゃんは納得したように頷く。

　へ？　なんの話をしてるの？

　朝陽から逃げるように視線を外して桃菜ちゃんを見ると、彼女はニヤニヤ笑っている。

　さ、さっきからずっと笑ってない……？

　怖いんだけど。

「なんのこと？　男が黙ってられないって……地味すぎて？」

　意味がわからなくて首をかしげる。

　私がかわいいってことはないから、お世話で言ってくれてるんだろうけど……、大げさすぎない？

「はぁ……心美ちゃんの鈍さは相変わらずか。ほんと、なんであんな美少女なのに、自分では気づかないのかなぁ」

「……？」

　お弁当を食べながら、桃菜ちゃんはボソボソとつぶやいている。聞こえなかったので聞き返そうかと思ったけど、面倒なのでやめた。

　どーせ、また話を聞いてもらえないだろうなぁ……。

　それにしても……。

　私も早くこの変装をやめたい。もう危険もないし、朝陽の隣に立つためにも、もっと自分磨きをしたい。

「うーん……どうしたらもっとかわいくなれるかなぁ……」

　朝陽を見ながら、私は自分の髪をすくう。

　このままだと、朝陽の評判も下がってしまう。それだけ

は絶対に嫌……。

「じゃあさ、今度またウチにおいでよ！　メイクとか、コーデとか教えてあげる！」

「ほんと!?　やったー！」

「その代わり、朝陽くんに変装のこと聞いてみなよ？　私は、ちょこっとお手伝いするだけだからね」

「……う、は、はい……。頑張ります……」

　こればっかりはしょうがないかぁ……。

　きれいになるためだもん。朝陽にお願いしてみよう。

「桃菜ちゃんたち、なんの話をしてるの？　楽しそうだね！」

「渉には関係ないから！　あっち行って！」

　桃菜ちゃんと話し込んでいると、興味津々な渉くんが近寄ってくる。すると、すかさず桃菜ちゃんが渉くんを追い返した。

「うわー、相変わらずの毒舌ー。心美ちゃんはスルー!?」

「……渉くん、あっち行って。私は桃菜ちゃんと話してるの！」

　私も負けじと言ってみる。

　この話が朝陽に聞こえてたら恥ずかしくて死ぬ。どうか、聞こえてませんよーに！

　そろーっと顔を上げて朝陽を見ると……。

「おい、渉。心美に近寄んな。さっさとどけ」

　怖ーい顔をして渉くんを睨んでいた。

　そ、そんな睨まなくても……。

「朝陽くん怖ー！　どんだけ独占欲強いの！　ラブラブすぎて、ちょっと引くわー」

「渉、いい加減にしろよ！」

　ど、独占欲……！

　渉くんの言葉に、ぼぼぼっと顔が熱くなる。

　いや、独占欲って……！

「ケ、ケンカしないで！　ほら、もうすぐ授業始まるから、私と桃菜ちゃんは先に行くね!?」

「え？　心美ちゃん？」

　私は赤い顔を誤魔化そうと早口にそう言うと、ゴミをまとめて立ち上がる。

　と、その時、

　──キーンコーンカーンコーン……。

　タイミングよくチャイムが鳴った。

「じ、じゃあね！」

　桃菜ちゃんの腕を掴むと、出入り口のドアに向かって歩き出す。

「え？　ちょっと！」

「心美？　どうしたんだ？　もしかして渉のせいじゃないのか？」

「なんで僕のせいになるの！　みんなだって話聞いてたじゃない！」

　戸惑う桃菜ちゃんを連れてドアを開けた。

　背後で朝陽や渉くんが言い合いをしてるのが聞こえたけど、振り返らない。

「ふふっ。心美ちゃんも変わったねー。前は自信なさげだったのに、朝陽くんのために変わりたい、なんて」

「そ、そう？　私……もっと自分に自信を持ちたいの。だから……協力してくれる？」

　階段を下りながら桃菜ちゃんにお願いする。

「もうっ！　なんでそんなかわいいの！」

「か、かわいくないし！」

　階段を下りているところで、急に桃菜ちゃんが抱きしめてくる。

　かわいくないって言ってるのに！

　こんなんで大丈夫なのかな。

　私……かわいくなれるかな。

「まぁ、私が自信を持たせてあげるから！　期待してて！」

「ふ、不安しかないんだけど……」

　意気込んでる桃菜ちゃんには申し訳ないけど、私は不安しかない。

　だけど……。

　私は頑張るって決めたから。

「よろしくお願いします！」

「任せて！」

　こうして、私は"自分磨き"をすることを決意した。

　その週の日曜日。

　私はドキドキしながら、玄関の前でインターホンを押す。

　──ピーンポーン。

「はーい！　あ、心美ちゃん！　迷わないで来れた？」

　ガチャ。

　インターホンを鳴らすと、すぐに桃菜ちゃんがドアを開ける。

「うん！　なんとかね！」

「そっか。ならよかった。入ってー！」

「お、お邪魔します……」

　私は、おそるおそる家の中に入る。

　桃菜ちゃん家に来るのは今日は2回目だけど、やっぱ慣れない……！

「あはは！　そんな緊張しなくても大丈夫だよー。親、仕事でいないし」

「そうなの？」

「うん。だからゆっくりしてって！」

　桃菜ちゃんの笑顔を見て、緊張が少しとけた。

　私は靴を脱いで、家の中に入る。

「よしっ！　それじゃあ、心美ちゃんをかわいくするための作戦を開始しますか！」

「うん！　よろしくお願いします！」

　桃菜ちゃんの部屋に入った私は、さっそく桃菜ちゃんと一緒に買ったメイク道具などをカバンから取り出す。

　この間相談したあと、桃菜ちゃんと放課後にショッピングに行ったのだ。

　その時に私に似合うメイク道具を選んでくれて、それを一式揃えたの。

　まぁ、朝陽にバレないように買い物に行くのは大変だったけど……。

「それにしても、朝陽くん、変装を解くの許してくれたよね〜。絶対ダメって、言いそうだけど」

　私と向き合うように座ると、ボソリとつぶやく桃菜ちゃん。

　たしかに……。

　最初はダメ元で頼んでみたんだけど、意外とあっさりOKしてくれた。

　cheaterが解散したからか、最近の朝陽は緩くなったような……。

「私もびっくりだよ。少しお願いしたらOKしてくれたんだもん。この間はダメって言ってたのに……」

「……心美ちゃん、愛されてるね〜。心美ちゃんのお願いだから聞いてくれたんじゃないの。もしくは……彼女になったから、奪われる心配がなくなったから……とか？」

「へ、変なこと言わないでよ！」

　いろいろと考えていると、いつものように私をからかってくる桃菜ちゃん。

　ニヤニヤと笑う顔はイジワルだけどかわいくて……。

　私はそれ以上、怒ることができなかった。

　ああ、私は桃菜ちゃんに振り回されっぱなしだな……。

「とりあえず始めるか！　明日から変装なしで通うんでしょ？」

「そう」

　思いたったらすぐ行動！の私は、なるべく早く変装を終わらせたかった。

　まわりの女子に何か言われるのも嫌だし……。

　あまり変わらないかもしれないけど、地味子に変装なしで通うだけでも何か変わるかもしれない。

「それにしても急だよね。"また"朝陽くんファンの女子に何か言われたの？」

　またって……。

　毎日のように言われてるんですけど。それに、急じゃないし。

「うーん……心境の変化？ってやつかな。朝陽の隣を堂々と歩けるようになりたいし、少しでもかわいくなりたいから」

「心美ちゃんらしいね。そんなことしなくても十分かわいいのに……」

「お世話はいいから早くメイク教えてよー！」

　またもや、私のことをかわいいと言う桃菜ちゃん。

　朝陽もそうだけど、なんで、こんなどこにでもいそうな私を『かわいい』って言うんだろう……。

　桃菜ちゃんのほうがかわいいよ！

「……はいはい。わかったよ。ここから時間かかるかもだけど覚悟しといてよ？　女磨きには時間がかかるからね！」

　ため息をついたあと、人差し指を立てて顔を寄せてくる桃菜ちゃん。

「うっ、が、頑張ります……」

　私は圧に負けて、力なく頷く。

　じ、時間がかかるってどれくらいだろう……。覚悟はしてたけど、いざ言われると怖い……！

「その意気よ！　朝陽くんを絶対に喜ばせるわよ！　かわいくなりすぎて嫉妬しまくりかもよ？」

「なっ……！　し、嫉妬なんて……」

　するわけない、と言いたかったけど、してほしいって思う自分がいて、最後まで言えなかった。

「ふふっ。恋する乙女ね」

「……え？　なんて？」

「なんでもないよ。それじゃあ、始めるよ！」

　顔を下に向けた時、桃菜ちゃんが何かボソリとつぶやいた気がするけど、声が小さくて聞き取れなかった。

　もう一度、聞き返したけど教えてくれない。

「よろしくお願いします！」

　私は気持ちを切り替えて、桃菜ちゃんと再び向き合った。

「……完成！　目を開けていいよ！」

　私は、そう言われて目をゆっくりと開ける。

　あれから、あれやこれやと顔に乗せられながら説明を受けたけれど……さっぱりわからなかったよ～！

「う、わぁ……これが私？」

　鏡を見て、私は感嘆の声を上げる。

「そう！　あ～、ナチュラルメイクでもこんなにかわいく

なれる心美ちゃんが羨ましい〜！」

　文化祭の時も思ったけど、メイクの力ってすごいよね。少し色をつけただけで、こんなに印象が変わるんだもん。

「どう？　メイクの勉強をしてみて」

　メイク道具を片づけながら、桃菜ちゃんが私に尋ねる。

「すごい！　さすが桃菜ちゃんって感じ！　……まぁ、これを毎日できる気がしないけど……」

「毎日じゃなくてもいいの。特別な日にするとか、朝陽くんと出かけるとか、ちょっとした日にすればいいのよ」

「……そんなもん？」

　せっかくメイクの勉強をしたんだから毎日してもよかったかな、と思ったけど、できそうにない。

　でも、特別な日だけって……なんだかもったいない気がする。

「そうそう！　でも明日はメイクしなよ？　デビュー日なんだから！」

「……頑張ります」

　そんな大げさなもんじゃないけど……。

　明日は、もちろんやるつもりだった。

　イメージを変えたかったし……。

「頑張って！　わかんなくなったらいつでもメッセちょうだい！」

　なんとも頼もしいお言葉！

「ありがとう！　明日から頑張るよ！」

　メイクをしてもらって気分が上がっていた私は、勢いよ

く頷く。

　毎日できるか心配だけど……。

　頑張るって決めたもん。

「うん。じゃ、今から恋バナでもしよ！」

「……へ？」

　これで終わりかと思った私がスマホを取り出したところ
で、恋バナ好きな桃菜ちゃんにスマホを奪われた。

　こ、恋バナって……！

「ね、朝陽くんのどこが好きなの？」

「う、……いや、その……」

　キラキラした目で詰め寄られ、言葉に詰まる。

　だって、まさかそんなこと聞いてくるなんて思ってもみ
なかったし！

「教えてよー！」

「お、教えるからー！」

　桃菜ちゃんにぐいぐいと顔を近づけられた私は降参し
て、恋バナ……っていっても主に私のだけど。

　それから、質問攻めにされたのは言うまでもない。

　──ピピピ、ピピピ……。

「んー……朝……」

　翌日の朝。

　私は寝ぼけなまこで目覚ましを止める。

　ふわぁ、と大きなあくびをすると、隣で気持ちよさそう
に眠っている朝陽を見つめた。

「ふふっ、かわいいなぁ……」

　朝陽の寝顔は何度も見てるはずなのに、かわいすぎて見るたびに母性本能をくすぐられる。

　付き合うようになってから、毎日のように一緒に眠るようになった。

　朝陽の腕の中にいると安心して、彼女になったんだ、って改めて実感する。

　付き合う前もよく一緒に寝ていたけど、やっぱり何かが違うんだよね。特別感が生まれるというか……。

「……さてと、朝陽が起きる前にメイクと髪のセットをしちゃおうかな」

　朝陽の寝顔を少し眺めたあと、ひとり言をつぶやく。

　今日は、変装なしで登校する初めての日。

　こんな中途半端な時期だけど、ようやく"普通"の格好で学校に通える。

　それだけで私はワクワクした。

　私は朝陽を起こさないようにそっとベッドから下りると、メイクをするために洗面所へ向かった。

　──１時間後。

「できた！」

　私はなんとか自分でメイクをして、髪のセットも終えた。

　どんな髪型にしようか迷ったけど、無難にポニーテールにしてみた。いつも下ろしてるだけだから、これだけでも変わった気がして気分も上がる。

　そして、メイクは桃菜ちゃんに教わったナチュラルメイク。

　まったく慣れていないから、1時間もかかっちゃったよ。

「へ、変なところはないよね……？　大丈夫だよね？」

　変なところはないか、何度も鏡を見て確認する。

　自分でやるのは初めてだったから不安だよー！

　いちおう、写真を撮って桃菜ちゃんに送ろ……。

「心美ー？　もう起きてんのか？」

　——ドキッ。

　写メを送った直後、リビングから朝陽の声が聞こえた。

　ど、どうしよう。

　朝陽が起きちゃった！

　いや、どうもしないんだけど。なんか緊張する！

　この姿を朝陽に見せるのは文化祭の時以来なので、緊張する。ちゃんとかわいくなれたかな。

　朝陽の隣に……堂々と立てるかな。

「洗面所にいるのか？」

　慌てて、メイク道具やらヘアゴムやらを片づけていると、洗面所のドアが開いた。

　ひゃああ！

　なんで1人でこんなにテンパってるの！

「あ、朝陽……おはよう！」

「……心美？」

　ドアを開けて私を見つけた朝陽は、なぜかそのまま固まってしまった。

　え……なんで固まってるの……？

　や、やっぱこの姿、変だった!?

「どうしたんだ？　その髪型……」

「あ、こ、これ？　昨日、桃菜ちゃんに教わったの。軽く
メイクもしてみたよ」

　説明するけどなんか恥ずかしくて、たどたどしくなって
しまった。

　う、さすがに動揺しすぎかなぁ……？

　朝陽、引いてないといいけど……。

　少し心配になり、恥ずかしくて下げてしまった顔をゆっ
くりと上げる。

　だけどその瞬間、その視界は暗くなった。

「朝陽？」

「……我慢できねぇ。朝から何かわいくなってんだよ」

「……っ、かわいく、ないし……」

　急に朝陽が近づいてきて、私を抱きしめていた。

　いつものようにすっぽりと彼の腕の中に収まった私の心
臓は、今にも爆発しそう。

　朝からな、なんて仕打ち！

　かわいいって言われちゃった……。

　お世話だとわかっていても、彼氏にそう言われるととて
もうれしい。

　これは……イメチェン成功かな？

　私は朝陽の背中に手を回して、そっと抱きしめ返した。

俺を振り回す彼女

【朝陽side】

「……っ、かわいく、ないし……」

そう言いながらも、うれしそうに微笑む心美。

俺は、そんな姿が愛おしすぎて、思わず抱きしめてしまった。

朝、目が覚めて心美がいないと思ったら、こんなにかわいくなっていた。

昨日、木下と遊ぶ、って言ってたのはこのことだったのか。

「すげぇ、かわいい。その姿、誰にも見せたくねぇんだけど」

「ええっ、それは困る……。だって、朝陽の彼女だって堂々と言えるように努力したのに……。ねぇ、この変装なしで学校に行ってもいいよね？」

「……」

緩めた腕から、顔を上げた心美はまるで天使。

いや、女神と言ったほうが合ってるのか？

とりあえず、かわいすぎてずっと腕の中に閉じ込めておきたい衝動にかられる。

この間、一生懸命お願いしてきたのは俺のためだったのか。

堂々とって……。

そんなことしなくても、心美は俺の彼女だ。

　心配しなくてもいいと何度も言ったんだが……。

「お願い。変装なしで学校に行きたいの。……ダメ？」

「……わかった」

　そんな顔でお願いされたら断れねぇじゃん。

　俺も心美に弱いな……と、自分で自分に呆れる。

「やった！　じゃあ、朝ごはんの準備してくるね！　朝陽は早く制服に着替えてね！」

　俺がOKを出すと、喜んで洗面所から出ていく心美。

　あの不良校に、こんなかわいい心美を行かしても大丈夫なのだろうか。

「はぁ。やべぇ。俺、理性保てるかな」

　心美が出ていったあと、洗面所でつぶやく。

　壁に寄りかかりながら、学校に行ったあとの心配をしたのだった。

「なぁ、あの子、かわいくないか？」

「だな。めちゃくちゃかわいい。転校生？」

　家を出た俺と心美は、通学路を歩いている。

　案の定、というか予想どおりなんだが……いつも気にならない視線が気になって仕方ない。

　それも全部……心美を見ているせいだ。

　くそっ。

　いつも無視なくせに、こういう時だけ注目してくる奴らが目障りだ。

　ちらっと隣を見てみると、視線に気づいてないのか、俺

と笑顔で話す心美。

　入学したころは視線に敏感だったのに、自分のことになると鈍い……。

「……でね、昨日桃菜ちゃんがね……」

　木下のことを話しながら歩く心美に、もどかしさを感じる。こんなに男が見ているのに、気づかないなんて天然通り越してるだろ。

　もっと危機感を持ってほしい。

　そんなことを思いながら、心美の手を、そっと握る。

「えっ。き、急にどうしたの？　手、……手が……」

「んー……心美は俺のもん、って見せつけるため？」

「……っ、バカ……」

　自覚させようと、わざと心美の耳元でそうささやいた。その瞬間、一気に顔が赤くなる。

　その顔、反則だろ……。

「も、もうっ！　早く学校行くよ！」

　誤魔化そうとしてるのか、そっぽを向くと早歩きで学校に向かう。

　……頼むから、もう俺を振り回さないでくれ。

　心の中でそう思いながら、通学路を歩いた。

秘密のキス

　朝陽の手のぬくもりを感じながら、教室のドアの前に立つ。

　いつもなら、朝陽とはここでお別れなんだけど、今日は心配だから授業を受けるんだって。

　なんの心配かはわからないけど、私なら大丈夫なのに。

「い、行こうか！」

「だな」

　ドアの前で深呼吸する。

　ど、どうしよう。朝陽に見られた時よりも緊張するよ！

　クラスメイトに変な目で見られたらどうしよう。

　実際、通学路を歩いている時も視線を感じた。

　気にしないフリをしていたけど、やっぱこの格好、変だったかな。

　自信がなくなってきた。

　握られた朝陽の手を、ぎゅっと握る。すると、強く握り返してくれた。

　それだけでも心強くて、私は大きく息を吸うと教室のドアを開ける。

　──ガラッ。

「……え？　あの子、誰？」

「知らない……工藤くんと一緒にいるけど……」

　ドアを開けた瞬間、クラスメイトが一斉にこちらを見る。

　ひぇー……この視線、入学式の日以来だよ……。

　そ、そんなに見なくても。

　まさか、こんなに見られるとは思わなかった！

「あっ、心美ちゃん！　おはよう！」

　教室に入ったところに朝陽と突っ立っていると、先に来ていた桃菜ちゃんが挨拶してくる。

　私は、その笑顔に救われた。

「桃菜ちゃんー！　おはよう！」

　挨拶を返すと、何やらクラスが騒がしい。

　ん？　なんだろう？

「心美、席に移動するか。ここじゃ、邪魔になるだろ」

「うん！　桃菜ちゃんも、行こ！」

　私は朝陽に促されて席まで歩く。その間も、視線がグサグサと突き刺さる。

「えっ。あの子、藤原さんなの!?　別人すぎない!?」

「待って待って。めちゃくちゃかわいいし、美人なんだけど！　しかも髪の毛きれい！」

　な、なんかいろいろ言われてるなぁ。

　まぁ、いつもの悪口なんだろうけど……。気にしない。

「……あれ？　みんないるじゃん！」

　自分の席まで歩いていくと、人だかりが見えた。

　いつもなら誰もいないのに、今日は、誰かが私の机を囲んでいる。

　それは……。

「やっほー！　うっわ、めちゃくちゃかわいい♡　桃菜ちゃ

んが言ってたとおりじゃん！」

「でしょ、でしょ？　私がメイク教えたんだからー！」

　と、自慢げに桃菜ちゃんが渉くんに話している。

　私はその光景を見て、呆然とした。

　……み、みんながいるって聞いてないんですけどー！

「ちょ、なんでみんながいるのよ！」

「えー、それは、かわいい心美ちゃんをみんなにお披露目
したくて♡　朝陽くんだけ見るなんて不公平じゃない？」

　桃菜ちゃんを引っ張って、コソコソと話をする。

　み、みんなには、あとで見せるつもりだったのに！

「おい、木下。あまり余計なことするなよ」

　桃菜ちゃんと話していると、隣にいた朝陽が怖い顔で見
下ろしている。

　……怖い。

「ごめんごめん。だって、話しちゃったんだもん！　ほら、
みんなを見てみなよ！」

「まじで藤原さん？　写真よりかわいい……」

「は？　あの地味子がコイツ？　信じられねぇ」

　桃菜ちゃんに言われて、みんなのほうを見る。

　みんな驚いたような表情をしていた。渉くんに至っては、
なぜか目を輝かせて私を見ている。

「かっわいい！」

「えっ、ちょ、渉くん!?」

　我慢できないといった雰囲気で、飛びついてくる渉くん。
私は、されるがままになってしまった。

　だけど、すぐに渉くんと私は引きはがされる。

「朝陽くん！　何すんのさ！」

「何すんのは、こっちのセリフだ。何、人の彼女に抱きついてんだよ！　心美、こっち来い」

「朝陽!?」

　渉くんに言い放つと、私を引っ張る朝陽。

　私は、よろめきながらも彼についていった。

　途中、後ろを振り向くと、みんなはニヤニヤしながらこちらを見ている。

　……いったいなんなの。みんなして。

　私、イメチェン成功したのかな。

　そんなことを考えながら廊下を歩く。

　すると目的地についたのか、空き教室らしき場所のドアの前にいる私と朝陽。

「あ、朝陽……ホームルーム始まっちゃうよ？」

「いいから。入って」

「……はい」

　熱っぽい視線を向けられ、思わず敬語になってしまった。

　言われたとおり、おそるおそる空き教室に入る。

「心美……かわいい」

「……へっ？　き、急になんっ……んぅ……！」

　突然かわいいと言ったあと、私の唇が……塞がれた。何度も何度もキスをしてくる。

　だんだんと深くなっていくキスは……いつもより甘く感

じた。

「んっ、……朝陽……んんっ！」

「はぁ。俺以外にそんなかわいい姿、見せんなよ。心美は俺の彼女。……渉が許せねぇ」

「ちょ、……はぁ、はぁ。ストップ！」

　酸欠でギブアップ状態の私は、朝陽を押し返して離れる。

　朝陽の顔を見てみると、いつも以上に余裕のない表情をしていた。

「私、イメチェン成功したかな？　これで、やっと朝陽の隣を堂々と歩けるよ」

　みんなの反応を見たところ、たぶんイメチェンは成功。

　これでようやく、朝陽の彼女って胸を張って言えるよ。

　ただの自己満足かもしれないけど、自分は変われた気がする。

「そんなこと考えてたのか。いつでも心美は俺の彼女だ。もっと自信持て。今の心美は最高にかわいい」

「ほ、本当？　これからも朝陽のそばにいられるように、頑張るから。だから……ずっとそばにいてね」

　もう、誰も失いたくない。

　恋人も、友達も、仲間も。

　このぬくもりを、手離したくない。

「……安心しろ。ずっとずっと心美のそばにいる。俺の大事な……人だから」

　そう言って、また私にキスをすると抱きしめる。

「ありがとう……これからもよろしくね」

　朝陽、私を好きになってくれてありがとう。

　私、もっと努力するよ。

　キミの隣にいるために。

「なぁ、もっとキスしてもいい？」

「……いい、よ。だけど、予鈴までは教室に戻るからね」

　恥ずかしかったけど、朝陽に触れたいと思った。

　朝の空き教室。

　私と朝陽は、みんなに秘密のキスをした。

キミに一目惚れ

【桃菜side】

　私は、キミに一目惚れしました。

　たとえ、この恋が叶わなくとも、ずっとずっと思い続けています——。

　ある日の放課後。

　私は、心美ちゃんと教室でおしゃべりをしていた。

　主に心美ちゃんの恋バナなんだけど、なぜか、私の恋バナになってしまった。

「ねぇ、私のことばっか聞いてるけどさぁ。桃菜ちゃんと小川くんのことも教えてよ！　友達の恋バナ、聞きたい！」

「……へ？　私の恋バナ!?」

　ニヤニヤと心美ちゃんの話を聞いていたら、突然自分に話を振られて、びっくりする。

　思わず変な声が出ちゃったよ。

「私の恋バナかぁ……」

「そうそう。出会いとか、好きになったきっかけとか」

　心美ちゃんは目をキラキラさせながら、前のめりに聞いてくる。

　いつも自分のことばかり話しているからか、私のことも聞きたいと思ったのかな。

　でもなぁ。

人に話すほどの大恋愛じゃないんだよね。

「うーん、どうしようかな……」

　自分の恋バナをあまり話したことがなかった私は、少し
躊躇った。

　人の恋バナを聞くのは大好きだけど、自分のこととなる
と恥ずかしさがある。

　だから、わざと考える素振りを見せた。

「お願い！　なんでもいいから、桃菜ちゃんの恋バナ聞き
たいよー！　いつも私のばっかりじゃん！　だから、たま
には、ね？」

　私が考え込んでいると、心美ちゃんが上目づかいでお願
いしてくる。

　うっ、そ、その顔……反則じゃないの？

　変装をやめて登校するようになった心美ちゃんは、絶世
の美女と噂されるほどかわいい。

　だから、その顔で、オマケに上目づかいでお願いされた
ら断れないじゃない。

「わ、わかったよ。でも、ほんとに大したことないよ？」

「大丈夫！　友達の恋バナだもん。絶対楽しいよ！」

「……」

　笑顔でそう言われ、言葉に詰まる。

　……こりゃ、朝陽くんがベタ惚れになるのも無理ない。

　心の中で同情する。

「冬馬とはね、中学からの付き合いで、私の一目惚れだっ
たの」

　心美ちゃんから視線を外して、観念した私は自分のこと
を話し始めた。

　オレンジ色に染まる校舎の中で。
　私は君に、一目惚れした――。
　中学２年生の、ある日の放課後。
　最後の授業が終わり、私は帰る支度をしていた。
『木下一』
　カバンに荷物を入れていると、先生に名前を呼ばれて顔
を上げた。
　なんだろう。
『はい』
『悪いが、このノートを職員室まで運んでくれ』
　先生は淡々と告げると、教室を出ようとする。
　えっ。なんで私!?
　今日、日直じゃないんですけど!?
　しかも、教科係でもないし。
『えっ。なんでですか!? 』
　ノートを運ぶのが嫌すぎて、思わず先生にそう言ってい
た。いつもなら断らないけど、今日に限ってはめんどくさ
くて動く気になれなかった。
『あー、ほら、お前の隣の席、小川冬馬だろ？　今日、ア
イツが日直の予定だったんだが、昼休みから戻らなくてな。
変わりに運んどいてくれ。じゃ、頼んだぞ』
『は？　嘘でしょ!?』

　先生は言うだけ言って、教室を出ていく。

　私はポカーン、とその場に立ち尽くした。

『あはは！　桃菜どんまーい！』

　そのままにしていると、後ろから友達に背中を叩かれる。

　いやいや、笑いごとじゃないから！

『もー！　笑ってないで助けてよ！　なんで私が小川冬馬の仕事をしなくちゃいけないわけ？』

『まぁまぁ。でもさー、小川くん、不良で有名じゃん。学校に来ないのが当たり前なんじゃない？　午前中に来ただけでも奇跡みたいなもんじゃん』

　たしかに……。

　中学生にして、暴走族に入ってると噂されている小川くん。

　髪も緑色だし、ケンカも強いらしい。

　私は隣の席だけど、ほとんど話さない。授業もサボり気味だから会わないけど。

『はぁ……とりあえずノート、職員室に届けるわ。そんで持って早く帰る。今日は部活ないし』

　山のようにあるノートを見て、ため息をつく。

　せっかく部活がない日なのに……。

　小川くんのバカ！

『そうだね。私は部活で一緒に帰れないから、先に帰ってて！』

『了解ー』

　カバンを一度机に置いて、友達が教室を出ていくのを見

送ったあと、私も出ていく。

　午後5時をすぎているからか、廊下はオレンジ色に染まっていた。

　窓の外を見ると、夕焼けがとてもきれいで、グラウンドがキラキラと光って見えた。

『よしっ。早くノートを持っていこ』

　夕焼けを少し見てから前を向く。

　再び歩いていると……。

　──ドンッ！

『うわっ』

『きゃっ！』

　よそ見をしてしまっていたのか、誰かにぶつかった。その拍子に、手に持っていたノートが廊下にばらまかれる。

　ああ、ノート……。

　私ってば、鈍くさすぎる。

『悪い！』

　ノートを見つめていると、ぶつかった相手は、逃げるようにその場を走り去っていった。

　えっ。嘘でしょ。

　ノート、拾うの手伝ってくれないの!?

　後ろ姿を見ながら、驚きを隠せない。

　ぶつかったのは男子だったけど、ぶつかっといて逃げるとか、最低！

『もう、最悪……』

　ノートを拾いながら、ブツブツと心の中で文句を言う。

　先生に仕事は頼まれるし、男子にはぶつかられるし。今日は、ほんとについてないよ。

　泣きそうになりながら、ノートを拾っていると……。

『大丈夫か？　ったく、拾ってからいなくなれよな。あの野郎』

　頭から低い声がして、横からすっと手が伸びてくる。その手は、ばらまかれたノートを拾ってくれた。

　──ドキッ。

　私は、顔を上げて相手を見る。

　すると、そこには緑色の髪をした……。

『小川、くん……』

　小川くんがいた。

　彼は私のことを見ると、首をかしげる。

『お前、誰だっけ？　俺のこと知ってんの？』

　……はい？

　まさか小川くん、隣の席にいる私を覚えてないの？

　ノートを拾ってくれるのはうれしいけど、私のことを覚えてないことにショックを受ける。

『……知ってるも何も、小川くんは不良で有名だし。それに……』

『それに？』

　緊張して小川くんの顔が見られない。ドキドキとする心臓を押さえながら、口を開いた。

　なんでだろう。

　男子は苦手なのに、小川くんとは話したいと思ってしま

う。私のことを、覚えててほしいとも思ってしまう。

　このドキドキは、いったいなんだろう。

　小川くんにぶつかったから？

　小川くんが不良だから？

　小川くんとは、ほぼ初めて言葉を交わすから？

　とにかく……ドキドキが止まらない。

『私の隣の席だよ！　今日だって午前中は教室に来てた
じゃん！　そのせいで、このノートを職員室まで運ぶこと
になったんだから！』

　自分でも驚くくらい早口でそう言っていた。

　言い終わったあと、顔が熱くなっていくのがわかる。

　ああ、私は不良に向かってなんてことを言ってしまった
んだ！

　いくら文句があるとはいえ、ケンカなんかできないくせ
に小川くんにこんなことを言うなんて……。

『そうだっけ？　授業中はずっと寝てたから覚えてねーや。
ノート、これで全部か？』

　熱くなったり、青ざめたり忙しい私をよそに、廊下に落
ちていた最後のノートを拾うと、そう言って立ち上がる。

　そうだった……。小川くん、教室に来てもほとんど寝て
るわ。朝もギリギリに来てたし。

『全部、なんだけど……ありがとう。ってか、私のことは
スルー？』

　言ったことに後悔したけど、彼は何も言ってこなかった。

『あっそ。悪かったな。じゃーな』

　素っ気なく言うと、その場を去っていった。

　取り残された私は、ノートをかかえて後ろ姿を見送る。
　……なんか、小川くんって思ってたのと違ったな。
　不良と聞いているせいか、勝手に怖い人だとイメージしていたけど、実際に話してみるといい人のように感じた。
　私にぶつかった人に怒ってくれてたみたいだし。
　ノートも一緒に拾ってくれたし。
　まぁ、私のことを覚えていなかったのはちょっとショックだったけど。
『……よくわかんないや』
　思わず、漏れた声。
　男子とあまり関わったことのない私は、よくわからない。
　とりあえず、今はノート届けなきゃ。
　って、なんで私、こんなにドキドキしてるんだろ……。
　小川くんのことを考えながら、ふと心臓がいつもより早く脈打っているのがわかる。
　ドキドキしていて、心做しか、顔も熱い。
　なんでかは、わからない。
　小川くんの優しさに触れて、意外だと感じているのかもしれない。
『早くノート届けよ……』
　このドキドキを隠すように、私はつぶやく。
　そして、職員室に向かったのだった。
　この時の私は、まだ知らなかった。

　小川くんを好きになって、その後、彼が彼氏になること
を。そして、私が……危険な目に遭うことを——。

『……今日も小川くん来なかったなー』

　誰もいない放課後の教室で、ポツリとつぶやく。

　今は部活終わりで、教室に忘れ物を取りに来ていた。

　その時、あの日から小川くんが来ていないことを思い出
し、また会って話したいって思った私は、ちらっと隣の席
を覗き見る。

　だけどその机はきれいで、小川くんがいた形跡はない。

　あの日、小川くんが私に話しかけてくれた日から数日が
たった。

　彼は、あの私とぶつかった日から学校に来ていない。

　出席日数大丈夫なのかな、って心配になるけど、これは、
"会いたい"って思ってるのに素直になれない私の言い訳。

　あの日のことは、友達にも話していない。

　話してもいいんだろうけど、私は自分だけの秘密にして
おきたかった。

『早く帰ろ』

　カバンに忘れ物を詰め込んだ私は、帰るために教室を出
る。

　今日は天気が悪かったせいか、空は曇っていて、夕日は
見れなかった。

『もう一度、会えますように』

　誰もいない廊下で、祈るようにつぶやく。

　この気持ちはなんだろう。小川くんに会えないもどかしさ。この苦しい気持ちは、なんだろう。

　思わず、ぎゅっと胸のあたりを押さえる。

　このころの私は、"恋"というものを知らなかった。

　だから、余計に苦しかったんだ。

　学校を出た私は、いつ雨が降ってもいいように、折り畳み傘を手に持った。

　どんよりとした空は、まるで私の心の中みたい。薄暗く、不気味だった。

『近道して帰ろうかな』

　学校を出て少し歩いたところで、私は近道をして家に帰ろうと思った。

　細い上に人通りもないし、暗いしで滅多に使わない道だけど、今日は遅くなっちゃったから通ろう。

　そう思って、右に曲がった。

　ちょうどその時。

『お、かわいい子じゃねぇか。ちょっとお兄さんたちと遊ばない〜？』

『ひっ！』

　目の前にいた、不良に声をかけられてしまった。暗がりで気づかなかった私は、その場で立ち尽くす。

　私を囲むように、２、３人の不良が、見下ろしている。

　身長が低い私は、とても怖くて動けなくなった。

　だ、誰か……助けて！

『なぁ、聞いてる？　お前、中学生？』

　どうしたらいいかわからず黙りこくっていると、イライラしているのか、リーダーらしき人物が話しかけてくる。

　だけど、私は答えられなかった。

　恐怖で声が出なかったのだ。

　こんな経験は初めてで。近道しようと思ったことを後悔した。

『……』

『無視すんじゃねーよ！　とりあえずこっち来い！』

　答えない私に限界が達したのか、乱暴に腕を掴むと、強引に道の奥へと引っ張っていく。

　他の不良は、それを楽しんでいるかのように、ニヤニヤと笑いながら後ろからついてくる。

『痛っ！　だ、誰か助けて！』

　……やだ、怖い……！

　やっと声が出て必死になって叫ぶけど、人気がないこの場所ではあまり意味がない。

　お願い、誰か……助けて。

　じわり、と視界が涙で歪んだ時、頭の中に、小川くんの顔が浮かんだ。

『うっ、小川くん……助けて……』

『ごちゃごちゃ言ってねーで早く歩け』

『……ヒック……』

　恐怖に支配された私は、引っ張られるがまま歩いた。よろめきながらも必死で歩く。

　こんなことになるなんて……。なんで私を狙ったの。

　　涙がこぼれ落ち、サァ、と生暖かい風が頰を掠めた、その時。

『わりーけど、そいつ、離してくんねぇ？』

『あ？　誰だ？　お前』

　　前のほうから、聞き覚えのある声が聞こえた。

　　その声を聞いて、ドキッと心臓が跳ね上がる。

　　この声は、まさか……。

『小川くん……』

　　顔を上げると、そこには仁王立ちしている小川くんの姿があった。

　　そして、彼の後ろには何人か男の子がいる。

　　あれ、あの人……もしかして、工藤くん？

　　その中に見覚えのある顔がいて、ほっと胸を撫で下ろす。緊張がとけたのか、今にも膝から崩れ落ちそうになった。

『小川くんだぁ？　なんだ、コイツの彼氏か？』

　　私の声に反応した不良は、小川くんを睨みつける。

　　小川くんのことを私の彼氏だと勘違いしたらしい。

　　ち、違うのに！

『ちげーよ。……今は、な』

　　えっ……今は？

　　どういうことだろう。

　　小川くんの意味深な言葉に首をかしげながら彼の顔を見ると、少し頰を赤らめて私を見ている。

　　──ドキッ。

『意味わかんねー！　彼氏じゃねーなら引っ込んでろよ。

俺の楽しみを邪魔すんじゃねぇ！　お前ら、コイツら潰せ！』

『了解！』

　リーダーと思われる男はそう言ったあと、後ろにいた不良たちに命令した。ゾッとするほどの低い声。

　不良たちは、一斉に小川くんたちに向かって走り出す。拳を突き上げ、今にも殴りかかりそうな勢いだった。

『……危ない！　小川くん、逃げて！』

　危険だと悟った私は、小川くんに声をかけていた。だけど彼は逃げる様子はなく、むしろ受け止めるかのように、相手の拳を掴んでいる。

　──パァン！

　そんな乾いた音が、あたりに響き渡る。

　もう1人の不良は、工藤くんに向かって攻撃をしていた。だけど工藤くんも同じように受け止めたあと、地面に叩きつけるかのように思いっきり投げた。その後、急所をついていた。

　私は、それを見て、空いた口が塞がらなかった。……工藤くん、強くない？

　暴走族に入ってるってこと、ほんとだったの？

　小川くんも同様に、敵を倒している。

　その強さに、目を疑った。

『コイツ、本当に暴走族の幹部なのか？　弱っちいな』

『だな。ウチの朝陽のほうが何倍も強い』

　後ろのほうでボソボソ言ってる声が聞こえるけど……こ

の人たち、暴走族の人なの?

『ちっ。余計なことしやがって。せっかくの楽しみが台無しだ』

『さぁ、そいつを返してもらおうか?　暴走族の"元"総長さん?』

『……ほらよ!　こんな面倒な女、こっちから願い下げだ!』

　不良は掴んでいた私の腕を乱暴に離すと、観念したように来た道を引き返した。

　やっぱり、ぼ、暴走族の人だったんだ……。

　自由になった私は、その場に崩れ落ちる。

『おー、あの人、弱いねぇ。朝陽くん、かっこよかったよ!』

『……冬馬、先に行ってる。そいつを頼んだ』

『えっ?　無視!?』

『了解。言われなくても家まで送る』

　涙が次から次へと流れている間、そんな会話をしていたことに気づかなかった。

　こ、怖かったぁ……。

　歩いてる時はなんともなかったけど、今は足がガタガタと震えていて、立てそうにない。

『大丈夫か?　木下』

『……小川くん……ありがとう……』

　気づいたら小川くんが私の向かいに立っていて、手を差し伸べてくれた。

　ドキドキする心臓を誤魔化すように、その手を握り返す。
だけど……。

『……こ、腰が抜けて、立てなくなっちゃった……』

『は？　嘘だろ!?』

　立とうとして何度も足に力を入れるけど、思うように足
が動かない。

　なかなか力が入らず、涙目で小川くんに訴えた。

　……情けない。こんなことで、小川くんに迷惑をかける
なんて。

　もっとロマンチックな再会を果たしたかった……。

　恥ずかしさで、思わず顔を下に向ける。

　小川くんに会えて、助けてもらったのに。

　こんなことって……理不尽すぎる！

『ご、ごめん。少ししたら立てるようになるから……先に
帰って？　みんなもいなくなってるみたいだし……』

　これ以上、小川くんに迷惑をかけたくない。

　怖い気持ちはまだあるけど、小川くんに嫌われるのが一
番嫌だった。

『はぁ？　なに言ってんだよ。こんなところに１人で置い
ていけるか。……ほら、乗れ』

『え？　な、にしてんの……私、重いから嫌だよ！』

　何を考えたのか、小川くんがしゃがみ込んで私に向かっ
て背を向けると、そこに乗れと言うのだ。

　おんぶしてもらうなんて、そ、そんなの絶対無理！

『そんなこと言ってると置いていくぞ。乗れよ。大丈夫だ

から』

『うっ、わ、わかったよ……』

　小川くんに負けた私は、渋々おんぶしてもらうことに。私の心臓は、ドキドキを通り越してバクバクしている。

　こんなことは初めてで、どうしたら正解なのか、わからない。

『……軽いじゃねーか。ウチ、どっち？　案内しろよ』

　そっと小川くんにおんぶされたあと、ボソリとつぶやく。

　重くないか心配していたけど、その言葉を聞いてほっとする。

『うん。私の家は……』

　家を案内しながら、小川くんに抱きつく。

　緊張するけど、落ちつく。

　矛盾しているようだけど、今の私の気持ちはそんな感じ。

『ねぇ。なんで私が、不良に絡まれてるってわかったの？　なんであそこにいたの？』

　揺られながら、小川くんと何か会話をしたくてそんな質問をした。

　別にそんな私と小川くんは知り合いってわけでもないし、今日も学校に来てなかったから、なんであそこにいたのかが気になった。

　そして……私を助けてくれた理由も知りたかった。

　人通りがあまりないとこだったので、小川くんが来てくれたのはほぼ奇跡かもしれない。

『あー、あそこ、不良のたまり場になってんだ。木下も知っ

てるだろ？　俺が族に所属してるって』

『……うん』

　沈黙のあと、小川くんが答えてくれた。

　私は、躊躇いながらも頷く。噂だったから確信はなかっ
たけど、暴走族に入ってたのは本当だったんだ。

『で、最近やたらあそこに溜まるようになって。見回りも
兼ねて行ったら、木下が絡まれてたのを朝陽が見つけた。
んで、俺たちに報告が行って、合流したってわけ』

　ボソボソと言っているけど、言葉の端々からは小川くん
の優しさが滲み出ているのがわかる。

　知り合って間もない私のことを、助けてくれたんだもん。

　小川くんは、私の……ヒーローだよ。

『そうだったんだ……ありがとう……』

『……おう』

　お礼を言うと、私はほとんど無意識で背中にぎゅうっと
抱きつく。

　小川くんの体温がリアルに伝わってきて、心が落ちつく。

　助けてくれて……ありがとう。

『そういえば、私の名前、覚えててくれたんだ』

　小川くんのぬくもりを感じながら、ふと、私の名前を呼
んでくれていたことを思い出す。

　「また忘れた」とか言われると思っていたけど、覚えて
てくれたことに、うれしくなった。

　不良に絡まれてる時も、私の名前を呼ぶ声ははっきりと
聞こえたのだ。

『当たり前だろ。さすがに同じクラスで、この前聞いたばかりの名前を忘れるわけないだろ？』

『……ふふっ』

　照れているのか、早口でそう言った小川くん。

　私は、なんだかくすぐったくて、ふと口を開く。

『……小川くん……あのね』

『ん？　なんだ』

　名前を呼ぶと、優しく返事をしてくれる。

　それがうれしくて。小川くんといるのが、奇跡みたいで。

　私は、この言葉を言わずにはいられなかった。

『……好き。私、小川くんのことが……好き。ずっとずっと会いたかったの』

　……そうか。私のこの気持ちは、小川くんに恋をしていたからなんだ。この言葉を口にして、ようやく気づいた自分の気持ち。

　振られることを覚悟して、私は想いを告げた。

　ほとんど無意識だったけど、やっと……本当のことが言えた。

『俺も、木下のことが好きだ』

『……えっ？』

　返事が怖くて、ぎゅっと目をつむる。だけど、思ってた返事と違って、私のほうが取り乱していた。

『ほ、本当に？』

　信じられなくて、もう一度聞いてみる。

　わ、私のこと好きって……言ったよね。

『ああ。一目惚れしたんだ。木下に』

　……聞き間違いじゃなかった。

　本当、だった。

　うれしくて、涙が頬を伝う。

　今度の涙は、あたたかくて。

　人生初の告白が、上手くいくとは思わなかったから。

『うー……ありがとう……』

『あんま泣くなよ。な？』

　私をおんぶしながら、優しく声をかけてくれる。

　この日、私が初めて恋をした日。

　小川くんに、想いを告げた日。

『大好き……』

『ん。俺も。木下が無事でよかった』

　私、小川くんが好き。

　心から、そう思えた日だった──。

「……と、まぁ、こんなことがあって、今付き合ってるん
だけどねー」

　私と冬馬の出会いの話が終わると、なんだか照れくさく
なり、頬が勝手に熱くなる。

　あの時の私、あの状況の中、よく告白したよね。お、お
んぶされながら告るとか……勢いに任せすぎだったかな？

「キャー！　素敵！　告白、桃菜ちゃんからだったんだ！
まさに運命の出会いだよね！　羨ましい！」

「いやいや、心美ちゃんと朝陽くんの再会のほうが羨まし

いよ。どっからそんな小説みたいな再会が出てくるの」

「えー、そんなことないよー」

　話し終えたあと心美ちゃんを見ると、興奮したように、頬を赤らめている。

　え、なんで心美ちゃんが赤くなってるの!?

　かわいすぎなんですけど！

「告白、桃菜ちゃんからだったんだね」

「うん。そう。気づいたら冬馬に告白してた。まぁ、振られる覚悟だったけど」

「だから、私に告白しろって強く言ってたんだね！　これで納得したよ！」

「……なんの納得よ」

　心美ちゃんにツッコミを入れながら、あの時、告白して本当によかったな、って思う。

　Skyblueのメンバーは優しいし、冬馬ともラブラブだし。結果オーライかな。

「なんか楽しそうな話してんじゃねぇか」

　心美ちゃんと話をしていると、教室のドアが開き、朝陽くんが入ってくる。

　その瞬間、心美ちゃんはうれしそうに後ろを振り向いた。

　……恋する乙女って、かわいいな。

「朝陽！　やっと来た！　早く帰ろ！」

「おう。待たせて悪かったな。帰るか。木下、またな」

「桃菜ちゃん、バイバイー！」

　心美ちゃんは、カバンを持って立ち上がると、朝陽くん

と手を繋ぎながら教室を出ていく。

　その後ろ姿がなんともかわいくて、とてもお似合いの
カップルだなって思った。

「さてと。私も帰ろうかな」

　２人を見送ったあと、私もカバンを持って立ち上がる。

　無意識に窓の外を見ると、夕日がきれいで、あの日のこ
とを思い出す。

「桃菜！」

　窓の外を見ていると、ドアのほうから冬馬の声が聞こえ
た。

「冬馬！　いたの？」

「ああ。先に朝陽が入っていくからタイミング逃した。俺
らも帰るか」

「うん！　今行く！」

　うれしくなって、冬馬のほうへ駆け寄る。

　すると、冬馬はさりげなく手を差し出してきた。

「ありがとう」

「ん。行くぞ」

　私は、その手をそっと握る。

　冬馬と手を繋ぐのはまだ慣れなくて、繋ぐたびにドキド
キしてしまう。

「ふふっ」

　あの日、冬馬と出会った日のようなオレンジ色の廊下を
歩きながら、手を強く握る。

　私は、この手を離さない。

　好きな人とずっと一緒にいられるように、頑張らなきゃ。

「なんだ？　どうした？」

「べっつにー？」

　私のことを不思議そうに見つめる冬馬。そんな彼がかわいくて。

　ずっとずっと、彼の隣にいられますように。

　心から、そう願った。

　私……冬馬のことが、好きです。

　これからも、よろしくね。

彼氏の溺愛が止まりません

　8月上旬。

　学校も夏休みに突入し、毎日朝陽と過ごす日々の中、私たちはいつもの倉庫に来ていた。

　一緒に宿題をするっていうことで集まったはずなんだけど……。

「あはは！　それでさー、朝陽くん、なんて言ったと思う？」

「おい、渉。うるせぇ。静かにしろ」

　みんな、やりたい放題だな……。

　テーブルに宿題を広げているけど、真面目にやっているのは私と桃菜ちゃんくらい。

　みんな話していたり、ゲームをしたり、寝ていたりと、カオスと化してるこの部屋は騒がしい。

　朝陽はずっと寝てるし……。

「もー！　みんな真面目に宿題やんなさいよね！　ただでさえ出席日数が足りないんだから、提出物で点を取らないといけないのに！　ちょっと、冬馬もよ！」

「んー……桃菜……」

　桃菜ちゃんはイライラしたように叫ぶと、小川くんをバシッと叩く。

　うわぁー……遠慮がないな。思わず苦笑い。

「心美、そんなんやってねぇでこっち来いよ」

　苦笑いしていると、寝ているはずの朝陽が手招きしてく

る。トロン、とした目と、あまーい誘惑に負けそうになったけど、ここはみんながいるのでグッとこらえる。

「ちょ、みんないるから！　恥ずかしい！」

「はぁー？」

　朝陽を見ると、自然と赤くなる頬。

　それを隠すように、私はシャーペンを手に持って宿題に取りかかる。

「ねぇねぇ。みんなってさ、今度の週末暇？」

　宿題をしていると、渉くんがみんなに尋ねてきた。

　うるさいなーと思いながら、話に耳を傾ける。

「週末か？　暇だけど」

「私も暇だよー」

「俺も」

　みんな予定がないのか、次々と暇だという声が上がる。

　桃菜ちゃんまで返事をしていて、いったい何があるんだろう、と思った。

　私も返事をしようか迷ったけど、そのまま話を聞いた。

「じゃあさ、週末、みんなでここに泊まらない？　海開きも終わったし、遊ぼうよ！」

　渉くんが、キラキラとした目でみんなに訴える。

　えっ。

　今、なんて？

「おー、いいな。毎年恒例のお泊まり会ってやつ？　今年いつしようか迷ってたんだ」

　意外にも遠藤くんが反応して、楽しそうな声だった。

　お、お泊まり会!?　そんなのやってたの!?

「いいじゃん！　今年は心美ちゃんもいるし、賑やかになりそう！　めちゃくちゃ楽しみ！」

「心美が参加するのは反対だ。心美は俺といればいい」

　桃菜ちゃんの言葉に朝陽が反応して、なぜかお怒りモード。

　俺といればいいって……毎日一緒にいるんだけどね。

「じゃあ決まり！　今週末、ここにお泊まり会ってことで！　みんな水着持参ね！」

「ちょっと待って。水着を持ってこなきゃいけないの!?」

　勝手に決められてしまったけど、水着持参の言葉に反応してしまった。

　み、みんなに水着姿を見せるの!?　朝陽にでさえ見せたことないのに……ハードル高すぎない!?

「却下。心美はダメだ。お泊まり会は木下がいるからいいが、水着はダメだ。俺が許さん」

「もうっ。朝陽くん、さっきからなんなの!?　心美ちゃんのこと、ひとりじめしすぎ！　いーい？　これは決定事項だからね！」

　ビシッと渉くんが朝陽に言っていて、決定事項なんだ、と呆然とする。

　どうしよう。大変なことになっちゃったよ！

「心美ちゃん、一緒に水着買いに行こうね♡」

「うっ、お泊まり会……参加しなきゃダメ？」

「ダメ！　心美ちゃんいないと寂しいもん！　朝陽くんも

参加だから、きっと大丈夫よ」

　桃菜ちゃんがコソッと耳打ちしてくる。

　そのかわいさに負けて、私は頷いた。

　みんなとお泊まり会、楽しそうだけど……。

　なんだか怖い！

「朝陽くん、喜ばせちゃおーよ！　心美ちゃんに似合う水着、選んであげるから！」

「……はい」

　怖いけど、ちょっと楽しみかも。みんなとお泊まり会って憧れがあったんだ。

　朝陽以外とお泊まりだなんて……なんだかワクワクする。

「よしっ。詳しい日時はあとでメールするから、みんな見てね！」

「了解！」

　桃菜ちゃんは楽しそうに笑っている。

　私はそーっと、朝陽を見ると……

「……っ！」

　心配そうに私を見つめていた。

　そ、そんなに心配しなくても。

　私はそっと朝陽から視線を外す。

　こうして、楽しみと不安が入り混じったお泊まり会は、幕を開けようとしていた―。

「朝陽ー！　朝だよ、起きて！」

　お泊まり会、当日の朝。

　私はいつものように朝陽を叩き起すと、布団を片づけ、準備に励んでいた。

　あの日、結局宿題進まなかったなー、と思いながら、カバンに宿題や桃菜ちゃんと一緒に選んだ水着を詰め込む。

「なぁ、俺ら、ドタキャンしようぜ。心美をあんなところに行かせたくない。ずっとひとりじめしてたい……」

「ちょ、何を言ってるの!?　桃菜ちゃんにもう行くって言っちゃったんだから、そんなことできるわけないでしょ。私も楽しみだし……それに、今さらじゃん」

「でも俺、不安……渉もいるし、心美が襲われそうで……」

「お、襲っ!?」

　寝ぼけているのか、訳のわからないことを言ってくる朝陽。しまいには、ぎゅっと私を抱きしめてくる。

　顔の熱はどんどん上がっていき、ドキドキが止まらない。

　こ、こんな状態でお泊まり会、大丈夫なんだろうか。今日の朝陽、なんだか甘えすぎじゃない?

　私よりも朝陽のほうが心配だよ。

「変なこと言ってないで早く準備しよ?　みんな待ってる」

「……はぁ。行くのは許すけど、今夜は心美を離さないからな」

「……っ、わ、わかってるよ……。言われなくても朝陽のそばから離れないから」

　朝陽の言葉に苦笑いしながら、私はそっと彼の背中に手を回す。その瞬間、ビクッと震えた朝陽の背中。

　その感じが愛おしくて、離れたくないと思ってしまった。

「なぁ、俺の理性、試して言ってるの？　それ」
「え？　理性？」
　しばらく抱き合っていると、朝陽がぼそりとつぶやく。
　理性って、なんの話だろう。
　何を言ってるのかわからなくて聞き返そうかと思ったけ
ど、朝陽は私から離れてしまった。ぬくもりがなくなって
しまったことに寂しさを感じながらも、だんだんと朝陽の
顔が近づいてくる。
　そして……、
　──ちゅっ。
　私の唇に、温かいものが触れた。小さく、軽いキスだっ
たけど、それが心地よくて。
　愛されてるんだなって改めて感じた。
「天然で言ってるなんて反則だな。そろそろ俺も限界になっ
てきた。いつ俺が壊れるかわからないぞ？」
「ん？　なんのこと？」
　キスをしたあと、朝陽がぼそっと何か言ったけど、意味
がわからなかった。
　朝陽が、壊れる？
　いったいなんのことだろう。
「まぁ、そのうちわかるよ。心美、愛してる」
「……私も」
　朝陽と見つめ合って愛を確かめる。

　この瞬間が一番好き。
　お泊まり会、楽しみだなぁ。1日中、みんなと一緒にいられるんだもん。ワクワクするよ。
「早く朝ごはん食べて倉庫に向かおう？」
「だな。俺も準備してるから、先に食べててくれ」
「うん！　わかった！」
　恥ずかしさと楽しみな気持ちを押さえながら、起き上がってベッドから下りる。
「はぁ……今夜、俺持つかな……」
　朝陽がそんなことをつぶやいていることに気づかないまま、私はキッチンに向かったのだった。

「ありがとうございました」
　朝ごはんを食べたあと、赤座さんの運転するリムジンで倉庫に行き、今、車を降りたところ。
　赤座さんにお礼を言って車を降りると、車はすぐに発進してしまった。
　赤座さん、相変わらずオーラがあってすごいなと思った。
「みんなもう来てるってさ。倉庫に入ろ？」
　私はスマホをカバンから取り出し、朝陽にそう伝える。桃菜ちゃんからのメールを見てから、2人で倉庫に向かった。
「今日ってさ、幹部のみんなだけでお泊まりなんだよね？」
「そうだ。他の奴らには知らせてない」
「ふーん」

　それを聞いて、ちょっとほっとした。

　いくら慣れたとはいえ、まだあの人数の中に入っていくのは怖い。

　朝陽がいるからなんとか入れるけど、きっと私だけだったら、その場で立ち尽くしてると思う。

　階段を上がり、いつもの部屋に入ると……

「あ、心美ちゃんと朝陽くん、やっときた！　今日も一緒に来たんだねー」

　みんながいて、一斉にこちらに視線を向ける。

　うっ、みんな、ごめんね。

　一緒に暮らしていることを知らせていないので、毎日待ち合わせして一緒に来てるのだと思っているのだろう。

　みんなを騙しているようで心が痛むけど、こればかりは仕方ない。

「そ、そうなんだ！　朝陽に待ち合わせって言われたからさ。あはは……」

　この話はあまりしたくなかったので笑って誤魔化す。朝陽、何も言ってないよね？

「そうだな。心美と一緒に行きたかったからここにいる。それで文句ないだろ？」

　え、朝陽、なんで怒ってるの？

「まぁまぁ。仲良しなのはいいことじゃん？　そんなことより早く海に行こう！　みんな、水着持ってきたよね？」

　そんな朝陽をスルーして、渉くんが話を進める。

　ほんと、この人のペースがよくわからない……。

　みんなのことはだいたいわかるようになってきたけど、渉くんだけは、いまだに謎が多い。

　女の子好きでチャラいのはわかるけど、朝陽にも物怖じしないこの変な強さ、どこで覚えたんだろう。

「心美ちゃん！　さっそく着替えて海に行こ！　朝陽くん、心美ちゃんをちょっと借りるねー！」

「え？　桃菜ちゃん!?」

　ぼーっとしていると、桃菜ちゃんに腕を掴まれて部屋を出る。そして、別の部屋に連れてこられた。

「よーし！　またまた心美ちゃんをきれいに、かわいくしてあげるからね！」

　されるがままに、ついてきちゃったけど……。

　ほんとに大丈夫かな!?

　倉庫についてさっそく海に行くって。そりゃさ、暑いけど……もう少しゆっくりしてからでもよくない？

　戸惑いながらも、私は桃菜ちゃんに任せることに。

「みんな準備終わったー？　じゃ、行こっか！」

「おう！　久しぶりの海だから楽しみだな！」

　水着に着替えて準備万端でいると、渉くんの声で倉庫を出ることに。

　服の下に着ている水着にドキドキしながら、私は朝陽と一緒に出ていった。

　外は太陽が眩しいほどに輝いていて、海をキラキラと光らせていた。

「うわー！　今年の海もきれい！　心美ちゃんはこの海、初めてだよね？」

「うん！　夜の海と、来る時にちらっとしか見たことなかったから、こんなにきれいだなんて、初めて知った！　きれいな海だねぇ」

　さっきまでは不安でいっぱいだったのに、目の前に広がる海を見て興奮が止まらない。

　朝陽が隣にいることも忘れて、桃菜ちゃんと一緒に砂浜に駆け出していた。

　砂浜は裸足で歩くのには暑すぎたけど、海に足を入れるとひんやりとして、それが気持ちよかった。

「朝陽！　早くこっちにおいでよ！　海、めちゃくちゃ気持ちいいよ！」

「あはは！　心美ちゃん、めちゃくちゃ興奮してるじゃん」

　桃菜ちゃんにも笑われてしまうほど、私は楽しんでいた。

「おい、心美！　あまりはしゃぎすぎるなよ！　まず場所を確保するぞ！」

　朝陽、真面目かよ！

　なんかこの前も、こんなことを思ったような……思わず心の中で突っ込んでしまった。

「はーい！　じゃ、桃菜ちゃんも準備しに行こ！」

「うん！」

　私は桃菜ちゃんと、朝陽たちのいる場所に向かう。夏休みのせいか家族連れが多くて、砂浜はほとんど埋まってしまっている。

　子どもたちの楽しそうな声が聞こえてきて、こっちまで
ワクワクが止まらない。
「ここでいいんじゃねぇの？　ちょうど日陰だし」
　みんなで歩きながら場所を探していると、伏見くんが、
日陰で空いている場所を見つけた。
「いいと思う！　あまり日焼けしないで済みそう！」
　桃菜ちゃんも納得したようで、伏見くんが見つけた場所
にテントを張ることに。

「ねぇ。服、脱ごうよ！　泳ぎに行こう？」
　テントを張り終え、桃菜ちゃんに言われた。
　い、いきなり水着になるの!?
　恥ずかしい……。
「先に行ってるよー！」
　モタモタしていると、私を除いて水着になったみんなが
海に向かっていく。
「えっ、桃菜ちゃん、置いていかないでよー！」
　桃菜ちゃんも小川くんと行ってしまって、私と朝陽だけ
取り残されてしまった。
　嘘でしょ。あ、朝陽と２人きり!?
「朝陽……ごめん、ちょっと待ってね！」
「……おう」
　最初に朝陽に見せるなんて……緊張するよ！
　いくら桃菜ちゃんに選んでもらったとはいえ、この水着
は……自信がない！

「うー……朝陽、笑わないでね？」

「笑うわけねーだろ。心美は何を着てもかわいいんだから」

「……はい」

　熱っぽい視線で見つめられ、思わず返事をしてしまう。き、期待してるのかな。

　ドキドキしながら、上の服を脱いで水着姿になる。恥ずかしくて顔を下げそうになったけど、朝陽の顔を見た。

「どう、かな……桃菜ちゃんが選んでくれたんだけど……」

　やっぱり恥ずかしい！

　桃菜ちゃんが私に選んでくれた水着は、水色のビキニだった。

　少し露出が多いかなって思ったけど、桃菜ちゃんからこれくらいは攻めないと！と言われてしまい、これに決めてしまった。

「……エロすぎ……」

「え？」

　朝陽の返事を待っていると、何かボソリとつぶやく。だけどその声は小さすぎて聞こえなかった。

　聞き返したけど、それ以上は教えてくれない。

　へ、変だったかな？

　無言の朝陽を見ていると不安になる。

「わっ！」

　耐えきれなくて顔を下に向けた時、バサッと後ろから何かをかけられた。

「え、これパーカー？」

「……禁止」

「ん？」

「その姿、俺以外に見せんの禁止。わかった？　今日はそれ着てろ。ホントは、連れて帰りたいんだが」

　そ、それってどういう意味だろう。

　水着、似合ってなかったのかな……。

「水着、もしかして似合ってなかった？」

　自信がなさすぎて、気づいたら朝陽に聞いていた。

　パーカーの裾をぎゅっと握る。水着、着てこないほうがよかったのかな……。

「バーカ。そんなことじゃねーよ。……心美がかわいすぎるから、他の男に見せたくないだけ。ほら、行くぞ」

　私に近づいて、ささやくように言った。

　その言葉に顔が一気に暑くなる。そ、そんなこと言ってくれるなんて……。

　うれしすぎるよ。

「ふふっ。ありがとう！」

「ん」

　うれしくなった私は、パーカーのチャックを上まで閉める。水着は、朝陽に見てもらっただけで満足。

　頑張って水着を着てきてよかった。

　私は差し出された朝陽の手を、そっと握る。

「じゃ、海を楽しもう！」

　すっかり気分が上がった私は、その日1日中、はしゃぎまくっていた。

　高校の夏休みがこんなに楽しいなんて。

　最初は不安だったけど、このお泊まり会に参加してよかったな、と思った。

「はぁー！　遊んだ遊んだ！」

「だね！　楽しかった！」

　みんなと遊んでいると、時間はあっという間にすぎていき、夕方に。

　きれいな夕日が海を照らしている中、いつの間にかまわりにいた家族や、カップルなども見当たらなくなり、シン、と静まり返っている。

「心美」

「ん？」

　片づけをして２人並んで倉庫に向かっていると、みんなには聞こえないほどの声で私の名前を呼ぶ。

　その声がなんともくすぐったくて。

　心が弾む。何度でも、キミに名前を呼ばれたいって思ってしまうんだ。

「あとで俺の部屋に寄ってくれないか？」

「朝陽の部屋？」

「そう。たまり場には総長だけが使える部屋があるんだ。今夜はそこで心美と過ごしたい」

「……っ、！　わ、わかった……」

　朝陽にそう言われて頷く。

　いつも朝陽と夜は一緒に過ごしているのに、なんだか今

日はやけに緊張して。

　朝陽からの視線が、熱っぽく感じた。

「みんなには秘密な」

　イタズラっぽく笑う朝陽。

　だけど私の頬は赤くなるばかりだった。

　みんなは前を歩いていて気づかない。そのせいもあって、余計に緊張した。

　──コンコン。

「どーぞ」

「し、失礼します……」

　私はドアをノックして、朝陽の返事を聞いてからドアを開ける。

　緊張しすぎて、思わず敬語になっちゃった。

　寝る準備を全部終わらせてから、『総長室』と呼ばれる部屋に私は来ていた。

　みんながゲームや話で盛り上がっている中、こっそりと抜け出して朝陽に言われたとおり1人で来た。

「わぁー！　こんな部屋があったんだね！　かっこいい！」

　初めて訪れる部屋をぐるりと見渡す。

　部屋の中はとてもオシャレで、朝陽らしい部屋だった。

　ベッドも大きくて、余裕で2人は寝られそう。

　って、何を考えてんの！

「こっち来いよ」

　朝陽はベッドに座っていて、ぽんぽんと隣を叩く。

　それだけの仕草に心臓が跳ね上がりそうになって、ぎゅっと抑えた。

「う、うん……」

　おそるおそるベッドの隣に座ると、朝陽はいきなり抱きしめてくる。

「朝陽？」

「はぁー……やっと心美をひとりじめできる。……今夜は離さないから、覚悟しといてよ？」

「……か、覚悟って……」

　抱きついているから、耳元でささやくようにつぶやく。なんとも色っぽいその声は、背中をゾクゾクとさせた。

　は、破壊力抜群すぎるっ！

「ほら、その顔。キスしてって書いてある」

「か、書いてないよ……んっ！」

　つーっと私の唇を指でなぞったかと思えば、朝陽は深いキスを落とす。

「ずっと、こうしていたかった。心美が足りない」

「んんっ……！　ふぁ、あ、さひ……」

　何度もキスを落とされて、頭がクラクラしてくる。酸素が足りなくて朝陽の胸をトントンと叩くけど、キスをやめてくれない。

「ん、……はぁ、はぁ……」

「……わりー。ちょっと暴走した」

　ようやくキスをやめてくれた朝陽。

　私は、ここぞとばかりに酸素を思いっきり吸い込む。

「ううん。私も朝陽に触れたかったから……。朝陽のおかげで、こんな楽しい夏休みになったんだもん。ありがとう」

「っ、その不意打ちやめろよ……」

　ずっとずっと朝陽にお礼を言いたかった。

　朝陽には、感謝してもしきれない。

　これからも、朝陽のそばにいたい。

「なぁ、今日は俺の腕の中で寝ろよ」

「え、急にどうしたの」

「……離さねぇって、言ったろ？」

「いつも一緒に寝てるじゃん」

「今日は、ずっと抱きしめたまま寝る。心美、おいで」

　ベッドに寝転びながら、私を誘う朝陽。

　うっ、そういうふうに誘わないでよ……。

「う、うん……」

　導かれるようにしてベッドの中に入る。

　布団の中は温かくて、夏で暑いはずなのに布団の中は心地いい。

「朝陽？」

　布団の中に入ると、思いっきり私を抱きしめる。

「なぁ。これからもずっと俺のそばにいてくれるよな？また小学生の時みたいに、いなくならないよな？」

「え、急にどうしたの。大丈夫だよ。いなく、ならないよ」

「はぁ……よかった。この時期だからさ、いなくなった時のこと思い出したから、不安になったんだよ」

　そっか。

　私が朝陽の前から消えた秋は、もうすぐだ。

　朝陽が不安になるのも無理はない。私だって、離れるとは思わなかったもん。

「大丈夫。私は……朝陽のそばを離れない。一生隣にいる」

　抱きしめられながら、誓うように言う。もう、何があっても、朝陽のそばを離れたくない。

「それなら安心した。心美は……ずっと俺の大切な人だから」

「……ありがとう」

　神様。

　朝陽と再会させてくれてありがとうございます。

　今は、とても幸せです。

　もう二度と、大好きな人の手を、離しません。

「ふっ。心美、好きだよ」

「私も……大好き」

　彼の腕の中で、愛を確かめ合う。

　そして、朝陽は私の唇に優しくキスを落とした。

　彼に抱きしめられながら眠る夜は、とても安心して。

　ゆっくりと、目を閉じた。

「おやすみ」

　大好きな彼の声を聞きながら、私は深い眠りに落ちたのだった。

                                        END

あとがき

☆ afterword

　このたびは、たくさんの書籍の中から『幼なじみは最強総長〜同居したら超溺愛されました〜』を選んでいただき、さらに最後まで読んでいただき、ありがとうございます。

　作者の鈴乃ほるんです。

　本作が私のデビュー作だったのですが、いかがだったでしょうか。更新時は高校３年生で、資格試験の勉強と社会人になるための準備の合間に書いた作品になります。

　現実に疲れてしまった時、この作品を書いて、心の拠り所になっていました。

　完結後はレビューや、温かい感想をいただき、とてもうれしかったです。

　この作品は、「幼なじみ×暴走族×同居」という王道ストーリーを書きたいなという思いつきで書いたものです。

　離れ離れになった２人が昔交わした、「ずっと一緒にいる」という約束を果たすために同居を始めます。

　心美は最初は乗り気ではなかったけど、だんだんと朝陽に惹かれていき、恋をしてるんだ、と気づいていきます。そして、昔交わした"約束"は朝陽が好きだったから、ということにも気づかされます。

　どんなことがあっても心美を守り抜くという朝陽は、とてもかっこいい私のヒーローです。

　社会人になって間もないころ、書籍化のお話をいただきました。その時、私は仕事と両立できるか不安でした。
　ですが、私の長年の夢だった書籍化の夢をどうしても叶えたくて、編集者の方や読者の皆様に支えられながら、無事に作品を書き上げることができました。
　社会人のスタートダッシュと一緒でしたが、とてもいい経験になりました。
　また、10代最後のいい思い出にもなりました。

　さらに、書籍限定で番外編も書き下ろさせていただき、より内容の濃い作品になったと思います。
　これからも、この作品を大切にしていきたいです。

　最後に、素敵なイラストを書いてくださった遠山えま様、この作品に携わってくださったすべての方々に、感謝申し上げます。

　本当にありがとうございました。

2022年8月25日　鈴乃ほるん

作・鈴乃ほるん（すずの　ほるん）

山形県住在。8月23日生まれ。介護福祉士として働きながら、自由気ままに暮らしている。YouTubeを見ることが大好きで、寝る前に見るのが日課。本作で作家デビュー。現在は「野いちご」のサイトで執筆活動中。

絵・遠山えま（とおやま　えま）

生まれも育ちも東京で、普段は漫画を描きながら6匹の猫とまったりと暮らしています。猫グッズの通販カタログを見ている時が疲れた時の癒しで、保護猫ボランティアさんで少しだけお手伝いもしています。

ファンレターのあて先

〒104-0031

東京都中央区京橋1-3-1

八重洲口大栄ビル7F

スターツ出版（株）書籍編集部 気付

鈴乃ほるん 先生

幼なじみは最強総長
～同居したら超溺愛されました～

2022年 8月25日　初版第1刷発行

著　者　鈴乃ほるん
　　　　©Horun Suzuno 2022

発 行 人　菊地修一

デザイン　カバー　しおざわりな（ムシカゴグラフィクス）
　　　　　フォーマット　黒門ビリー＆フラミンゴスタジオ

D T P　朝日メディアインターナショナル株式会社

編　集　林朝子　酒井久美子

発 行 所　スターツ出版株式会社
　　　　　〒104-0031 東京都中央区京橋1-3-1　八重洲口大栄ビル7F
　　　　　出版マーケティンググループ　TEL03-6202-0386
　　　　　（ご注文等に関するお問い合わせ）
　　　　　https://starts-pub.jp/
印 刷 所　共同印刷株式会社
Printed in Japan

ISBN 978-4-8137-1309-8　C0193

＊あいら＊・著
茶乃ひなの・絵

総長さま、

溺愛中につき。⑥

ケータイ小説文庫
『総長さま、溺愛中につき。』の

…続きが

野いちご
ジュニア文庫版で
読める!!

『総長さま、溺愛中につき。⑥
取り扱い注意なイケメン転入生現る!』

定価：792円（本体720円＋税10%）
ISBN : 978-4-8137-8057-1

※野いちごジュニア文庫版①〜⑤はケータイ小説文庫版①〜④と同内容を再編集しています。
※登場人物の年齢は児童書向けに中学生設定になっています。
※野いちごジュニア文庫版には、再編集の都合で登場していないキャラがいます。
新たな展開も加わった、野いちごジュニア文庫版『総長さま、溺愛中につき。』を、ぜひお楽しみください！

読むたび何度でも恋をする…全力恋宣言！
毎月25日はケータイ小説文庫の日♥

心に沁みるピュアラブやキラキラの青春小説、
「野いちご」ならではの胸キュン小説など、注目作が続々登場！